Beate Penner

Sonderbar aber Wunderbar

Für meinen Opa Epp, der in mir die Liebe zur Geschichte geweckt hat.

Und für seine Schwestern Greta und Liese, die ich bei meinem Besuch in Lienen im Jahre 2014 kennen und lieben gelernt habe. Dank ihrer Aufzeichnungen und ihrer Erzählungen war es mir möglich, die Geschichte von der Familie meines Großvaters aufzuschreiben.

Bibliografische Information der Deutschen Nationalbibliothek:
Die Deutsche Nationalbibliothek verzeichnet diese Publikation in der Deutschen Nationalbibliografie; detaillierte bibliografische Daten sind im Internet über
http://dnb.dnb.de abrufbar.

Alle Rechte vorbehalten.
© Beate Penner

Das Werk einschließlich aller seiner Teile ist urheberrechtlich geschützt. Jede Verwertung außerhalb der engen Grenzen des Urheberrechtsgesetzes ist ohne Zustimmung des Autors unzulässig und strafbar. Das gilt insbesondere für Vervielfältigungen, Übersetzungen, Mikroverfilmungen und die Einspeicherung und Verarbeitung in elektronischen Systemen.

Umschlaggestaltung: Rolando Gimenez
Titelbild: Herr Heinrich Epp
Satz und Layout für BoD: Rudolf Dück Sawatzky
Korrektur: Rudolf Dück Sawatzky

Herausgeber: Verlagsagentur JustBestEBooks.de Rudolf Dück Sawatzky.
25451 Quickborn, Deutschland

Herstellung und Verlag: BoD – Books on Demand, Norderstedt,
EAN 9783739215679

Prolog

Anna läuft es eiskalt über den Rücken. Soeben hat sie das Brotblech runter fallen lassen, und zwar mit vier großen Broten. Sie hatte es auf den Vierfuß in den Ofen stellen wollen, doch es ist so schwer gewesen, sie hat mit ihren 12 Jahren nicht genug Kraft dafür gehabt. In diesem Moment spürt sie auch schon einen Schlag am Hinterkopf. Was sie befürchtet hat, trifft ein: Ihre Stiefmutter hat gesehen was passiert ist und ist mit ihrer Holzlatsche gleich zur Stelle. Doch beinahe schlimmer als der Schlag sind die Worte, die sie hören muss. „Kannst du nicht aufpassen, du faules Mädchen!" Mehr hört Anna nicht. Die Stiefmutter verlässt schimpfend den Raum und Anna lässt sich zu Boden fallen.

Tränen steigen in ihre Augen. Erst hat sie mit Mühe und Not den Teig geknetet. Danach hat sie den Ofen mit Stroh geheizt und dann den Vierfuß in die heiße Glut befördert. Beim Raufstellen des Bleches ist das Unglück passiert: Sie hat das Gleichgewicht verloren. Ein Brot ist in die Glut gefallen, die anderen drei liegen zusammengefallen auf dem Fußboden. Um diese wird Anna sich später kümmern.

In diesem Moment ist ihr einfach nur nach Weinen zumute. Sie weint, weil sie müde ist. Von um fünf ist sie bereits auf den Beinen, weil die Kühe gemolken werden mussten. Danach hat sie ihre Geschwister für den Tag fertig gemacht, um gleich darauf mit dem Brotbacken anzufangen. Und nun ist die ganze Mühe umsonst! Anna laufen die Tränen über die Wangen. Sie weint aber auch, weil sie nicht nur müde, sondern auch sehr traurig ist. Wie schon so oft in den letzten drei Jahren, fragt sie Gott:

„Warum Gott? Warum musste meine Mama sterben?" Warum, warum... hallt es in ihrem Kopf wieder. Noch hat sie nie eine Antwort auf ihre Fragen erhalten.

Ihre liebe Mutter ist 1901 gestorben. Sie war nach der Geburt ihres letzten Kindes nicht mehr so richtig hoch gekommen. Ein Jahr später war sie dann ganz sanft eingeschlafen. Woran genau sie gestorben war, hat man der Neunjährigen nicht gesagt. Anna erinnert sich, dass sie ihren Papa am Sarg ihrer Mutter sitzen sah und er hemmungslos weinte. Anna war die Älteste, ihre Schwestern waren sieben und fünf und ihre Brüder drei und ein Jahr alt. Annas heile Welt war damals zusammen gebrochen. Wie würde es weitergehen? Wer würde für sie waschen, kochen und nähen? Wer würde des Abends mit ihnen singen und ihnen eine Gute-Nacht-Geschichte erzählen? Wer würde da sein, wenn sie aus der Schule kam? Die Fragen hatten kein Ende genommen. Annas kleine Kinderseele war unbeschreiblich traurig gewesen.

Mit fünf Kindern unter zehn Jahren hatte Vater Gerhard keine Wahl gehabt. Er musste sich um die Wirtschaft kümmern. Von irgendetwas mussten sie ja leben. Er hatte keine Zeit, den Haushalt zu führen und sich um die Kinder zu kümmern, und er hatte auch absolut keine Ahnung davon. In der mennonitischen Gesellschaft, in der er lebte, war es nichts Fremdes, wenn ein Witwer bald nach dem Tod seiner Frau wieder heiratete. In seiner Trauer und Verzweiflung hatte er sich beraten lassen. Wer würde einen Witwer mit fünf kleinen Kindern heiraten? Die Helene Ridiger aus einem nah gelegenen Dorf käme aus guter Familie, sei ein gutes Mädchen und wäre bereit ihn zu heiraten. Gerhard selber hatte sie überhaupt nicht gekannt. Nicht einmal ihre

Familie. Doch er hatte nicht viel Zeit gehabt, er brauchte jemanden für seine Kinder. Und dass dieses junge Mädchen sich für einen Witwer mit fünf kleinen Kindern entschied, bewies doch eindeutig, dass sie ein gutes Herz hatte, so hatte er gedacht.

Doch schon bald nach der Hochzeit hatte Gerhard Thielmann gemerkt, dass er einen großen Fehler begangen hatte. Helene war die einzige Tochter und furchtbar verwöhnt. Sie hatte noch nie einen Haushalt geführt und machte auch keine Anstalten, es zu lernen. Doch das Allerschlimmste war, dass ihr die Liebe zu den Kindern gefehlt hatte und immer noch fehlte. Noch am Hochzeitstag hatte sie Anna ein Riesentheater gemacht, weil diese eine von den Tassen der Hochzeitsgeschenke in die Hand nahm. Helene hatte Anna angeschrien. Diese war rausgegangen und hatte geweint.

Was habe ich getan?, hatte er mehr als einmal gedacht, wenn er in die Nähe seiner launischen jungen Frau gekommen war. Er hatte sich selber angeklagt. Doch nun war es zu spät gewesen. Eine Heirat war in seiner Gesellschaft ein Bund fürs Leben. An Scheidung hatte er nicht einmal gedacht. Er selber war auch so sehr mit seiner Arbeit beschäftigt gewesen, dass er längst nicht alles gemerkt hatte, was in seinem Hause vor sich gegangen war.

Am schlimmsten hatte es Anna getroffen. Sie war die Älteste, und doch noch viel zu jung für die Arbeit, die die Stiefmutter von ihr verlangte: Sie musste sich um ihre kleinen Geschwister kümmern, sie waschen, anziehen und füttern. Sie musste des Morgens alle Betten machen; nicht mal ihr eigenes machte die Stiefmutter selber. Sie musste melken, das Vieh besorgen und es zum Viehhirten treiben. Und währenddessen schlief die Stiefmutter. Das einzige, was sie gern und oft tat, war stricken.

Annas Brüder waren bald nach der Hochzeit krank geworden. Anna hatte den Arzt holen wollen, doch die Stiefmutter hatte sie daran gehindert. Das sei nicht nötig, hatte sie gesagt. So waren Annas Brüder elend dahingesiecht, bis sie irgendwann starben. Anna hatte ihr Bestes gegeben, ihnen zu helfen. Doch es war nicht genug gewesen.

Der Geruch des Brotes im Feuer holt Anna zurück in die Wirklichkeit. Sie hat sich eigentlich mit ihrem Schicksal abgefunden. Sie kann eh nichts an den Umständen ändern. Doch in Situationen wie diese beim Brotbacken kommt ihr alles hoch. Die Warum-Fragen nehmen kein Ende.

Sie rappelt sich auf – wie so oft schon. Sie liebt ihre Geschwister und auch ihren Papa. Sie muss durchhalten, wenn nicht für sich selber, dann für die Geschwister. Anna wischt sich mit der Schürze die Tränen weg und bekommt dadurch noch etwas Mehl in die Augen. „Auch das noch", schimpft sie leise. Sie hebt den Brotteig auf und formt die Brote neu. So lecker werden sie nicht mehr werden, aber backen kann man sie noch.

Eines nimmt sie sich wieder einmal vor: Sie wird nicht aufgeben. Sie wird durchhalten. Aber sollte sie eines Tages heiraten und eigene Kinder oder vielleicht sogar Stiefkinder haben, wird sie diese gut behandeln!

I.

Es war Juni 1912. Alexanderwohl lag in der schönsten Sommerpracht. Die Apfel- und Birnbäume waren mit Früchten überschüttet und die Weizenfelder versprachen eine gute Ernte zu geben. Bis dahin dauerte es nicht mehr lange. In den Gärten blühten die verschiedensten Blumen und Sträucher. Nachts war ein kleiner Regen gefallen. Die Morgensonne ließ alles noch in besonders schönen Farben erscheinen. Anna war auf dem Weg zum Hof von Johann Epp. Dies also wird mein neues Zuhause, dachte sie bei sich, als sie durch das Gartentor trat. Aus der kleinen Anna war eine hübsche, tüchtige und, trotz aller schlimmen Erfahrungen, eine selbstsichere Frau geworden.

Jedes Dorf hat seine eigene Geschichte. Als die Siedler aus Alexanderwohl 1820 von Preußen nach Russland zogen, begegneten sie unterwegs Zar Alexander. Sie standen in gespannter Erwartung, als das Oberhaupt von Russland an ihnen vorbeikam, die Kutsche halten ließ und mit der rechten Hand winkte. „Ich wünsche euch Glück zu eurer Reise. Grüßt eure Brüder, ich bin da gewesen", hatte Zar Alexander den Ansiedlern zugerufen. Aus diesem Grund hatten die Siedler ihr Dorf

„Alexanderwohl" genannt, denn Zar Alexander hatte ihnen Wohl gewünscht. Schon seit dem Jahr 1804 hatten Mennoniten in der Ukraine in der Kolonie Molotschna Dörfer angelegt. Alexanderwohl war wunderschön gelegen und hatte sich prächtig entwickelt.

In diesem Dorf wohnte Anna. Eigentlich hatte sie sich immer vorgenommen, nicht so jung zu heiraten. Doch die Situation zu Hause war immer mehr eskaliert. Die Stiefmutter war immer feindseliger und die Arbeit immer mehr geworden, denn fast jedes Jahr kam ein Kind zur Welt. Auch für diese hatte Anna sorgen müssen. Sie hatte wie eine Magd in dem Haus ihres Vaters gearbeitet und auch noch mit ihren 20 Jahren waren harte Schläge von ihrer Stiefmutter keine Seltenheit gewesen.

Als dann vor einigen Wochen Johann Epp, ein Witwer, bei ihnen auf den Hof gekommen war und um ihre Hand angehalten hatte, hatte sie nicht lange gezögert. Um dieser Hölle, zu der sich ihr Zuhause für sie verwandelt hatte, zu entrinnen, würde sie diesen fremden Mann heiraten. Johann hatte zwei Kinder, David war fünf Jahre alt und Lenchen drei. Die Mutter von diesen Kleinen war vor kurzem an Tuberkulose gestorben. Es starben viele Leute in ihrer Gegend, entweder an Lungentuberkulose oder an Knochentuberkulose. Bisher war noch kein Heilmittel gefunden worden, das diese ansteckenden Krankheiten bekämpfte. Johann war ein leidgeprüfter Mann. Nicht nur seine Frau war an dieser Krankheit gestorben, sondern auch vier seiner Geschwister und seine Mutter. Und bei Lenchen, seiner dreijährigen Tochter, schöpfte man Verdacht, dass sie bereits auch an dieser Krankheit leide.

Anna und Johann hatten vor der Hochzeit nicht viel Kontakt gehabt. Anna konnte nicht von ihrer großen Liebe sprechen. Aber Johann schien ihr vertrauenswürdig und es beeindruckte sie, wie er mit seinen Kindern umging. Er hatte immer so einen liebevollen Blick, wenn er zu ihnen sprach.

An diesem Morgen, als sie durch den Garten von Johanns Vater ging, nahm Anna sich wieder einmal vor, dass sie zu Johanns Kindern gut sein würde. Sie wollte ihnen ihre Mutter ersetzen. Diese kleinen Menschen sollten nicht so eine schwere Kindheit erleben, wie sie es selber hatte müssen.

„Anna, kommst du?", hörte sie die Stimme ihres zukünftigen Mannes, die sie aus ihren Tagträumen riss. Sie wollten noch einige Kleinigkeiten in ihrem Häuschen beenden, bevor sie sich für die Feier vorbereiteten. Deshalb war sie auf den Hof gekommen. Anna ging zu Johann und lächelte ihm zu. Gemeinsam gingen sie am großen Haus von Johanns Vater vorbei. Sie würden auf dem Hof von Vater Epp wohnen, in einem kleinen Lehmhaus im Hinterhof. Das war im Dorf nicht unüblich, dass verheiratete Kinder auf dem Hof blieben, um irgendwann dann den ganzen Betrieb zu übernehmen. Vater Epp wohnte im Moment mit der Familie seines Sohnes Abram zusammen im großen Haus.

Vater Epp war ein fleißiger Mann gewesen. Diesen Hof hatte er sich in jungen Jahren gekauft. Erst hatte er selber in dem kleinen Lehmhaus gewohnt. Mit der Zeit und großer Mühe hatte er sich das große Wohnhaus mit dem anliegenden Stall gebaut. Nun war er taub und gelähmt.

Das Lehmhaus war nicht sehr geräumig. Aber Anna freute sich auf ihr neues Zuhause. Während Johann noch einige Möbel zurechtstellte, beobachtete Anna ihn. Er war ungefähr 1,90 Meter hoch und etwas hager. Was ihr an ihm besonders gefiel, waren seine Augen. Sie strahlten einen tiefen Frieden aus. In diesem Moment begegneten sich ihre Augen. Und Anna fühlte, dass sie bei diesem Mann sicher geborgen war und war sich sicher, dass sie ihn lieben lernen würde.

•••

„Johann, wir müssen etwas mit Lenchen tun", sagte Anna einige Monate später zu ihrem Mann. Sie saßen in ihrer großen Stube und Anna war mit Handarbeit beschäftigt. Der Herbst hielt Einzug und die Abende waren schon recht kühl. Es gab immer viel zu tun: Unterwäsche, Kleider, Hemden und Hosen – alles musste sie selber nähen und wenn etwas kaputt war, flicken. Doch für Anna war das kein Problem. Sie hatte das ja zu Hause auch schon immer alles getan. „Warum meinst du, Anna?", fragte Johann. Er saß in seinem großen Stuhl und ruhte sich von der Tagesarbeit aus.

„An ihren Ellenbogen zeigen sich komische Geschwüre. Ich habe sie beobachtet, und sie werden von Tag zu Tag schlimmer. Sie hat leicht erhöhte Körpertemperatur und scheint meistens sehr müde zu sein." Dass Lenchen auch von der Tuberkulosekrankheit infiziert war, hatten sie im Verdacht gehabt, und diese Symptome ließen daran keinen Zweifel mehr. Es gab so viele Erkrankungsfälle in ihrer Gegend. „Ich weiß nicht mehr, was ich tun soll."

Johann beobachtete seine Dreijährige und sagte nach kurzem Zögern: „Ich werde morgen früh mit Abram die Arbeit besprechen und dann fahren wir zum Arzt." Sein Blick war auf einmal müde. Würde auch noch seine Tochter dieser Krankheit zum Opfer fallen? Würde er noch mehr liebe Menschen verlieren? Seine sonst so mutige und stramme Körperhaltung rutschte zusammen und sein Blick glitt in die Ferne. Was er wohl denkt?, fragte Anna sich. Im Stillen betete sie, dass Gott Lenchen am Leben halten und ihr wieder Gesundheit schenken sollte.

Seit vier Monaten waren sie nun schon verheiratet. Anna fühlte sich sehr wohl in ihrem neuen Zuhause. Sie war glücklich, so glücklich wie noch nur selten zuvor. Sie fühlte sich geliebt. Und, das wusste noch nur Johann, sie war schwanger. Schon bald würde sie nicht nur zwei Stiefkinder haben, sondern auch ein leibliches Kind. Ihr Herz machte einen Sprung vor Freude, wenn sie daran dachte.

Eine große Sorge, die allerdings immer noch stark ihr Herz drückte, waren ihre Geschwister. Diese waren ja bei der Stiefmutter geblieben. Wie ging es ihnen? Wie würden sie ihr Leben meistern, wenn die ältere Schwester nicht mehr da war? Die jüngste, Liese, konnte sehr schlecht sehen. Wiederholt hatte die Stiefmutter sie mit „blinde Henne" beschimpft, wenn sie gestolpert oder ihr etwas runtergefallen war. Wie würden sie mit all den Demütigungen klarkommen?

Doch sehr oft hatte sie nicht Zeit, sich Sorgen zu machen. Ihre neue Familie nahm alle Zeit in Anspruch. David und Lenchen hatten sie sofort in ihr Herz geschlossen.

Lenchen hatte sie vom ersten Tag an „Mama" gerufen. Dies hatte in Anna komische Gefühle geweckt, aber sie hatte sich riesig gefreut. Das war ein Vertrauensbeweis.

In diesem Moment kam Lenchen auf sie zu und kletterte auf ihren Schoß. „Erzählst du mir eine Geschichte, Mama? Die von dem Lämmchen?", fragte sie und schaute Anna mit ihren hellblauen Augen bittend an. Lenchens Lieblingsgeschichte war die Geschichte vom Verlorenen Schaf. Sie konnte sie immer und immer wieder hören. Anna erzählte sie ihr und danach stimmte Johann das bekannte Kinderlied „Weil ich Jesu Schäflein bin" an. Lenchen hatte eine klare Stimme und sang sehr gerne, genau wie ihr Vater.

Bevor Anna Lenchen ins Bett legte, tupfte sie die Geschwüre noch einmal mit Wasser sauber. „Das tut weh, Mama", wimmerte Lenchen. „Ich weiß mein Schatz, morgen fahren wir zum Arzt, um ihm deine Geschwüre zu zeigen. Dann wird alles gut. Das verspreche ich dir, Lenchen." Sie gab ihrer Tochter einen Kuss auf die Stirn und deckte sie zu.

Beim Hinausgehen dachte sie bei sich: Habe ich eben zu viel versprochen? Bin ich mir wirklich so sicher, dass es für Lenchen Heilung gibt? Sie hoffte es von ganzem Herzen. Sie würde ihr Bestes geben.

•••

„Es sieht nicht gut aus. Lenchens Geschwüre haben sich schon ziemlich weit entwickelt." Das waren die Worte des Arztes, nachdem er Lenchen untersucht hatte. Annas

Herz klopfte wie wild. Sie hatte es befürchtet, und doch hatte sie im Stillen auf eine Mut machende Antwort gehofft. „Was kann ich tun?", fragte sie den Arzt. Irgendwie müsste es doch eine Möglichkeit geben, der kleinen Lenchen zu helfen.

„Lenchen wird neue Wunden bekommen, sobald sie einmal fällt. Sie sollte nicht viel toben, um vorzubeugen, dass die Geschwüre überhand nehmen. Und sie sollte sich möglichst im Trockenen aufhalten. Die Tuberkulose wird in der Luft übertragen. Bei hoher Feuchtigkeit besteht auch für die anderen Familienmitglieder die Gefahr, angesteckt zu werden." Anna erschrak. Daran hatte sie noch nicht einmal gedacht. War es möglich, dass sie auch schon infiziert war? Wenn sie es war, dann auch das Baby, das in ihrem Leib heranwuchs. Denn sie wusste von anderen Fällen, dass Schwangere die Krankheit auf ihre Babys übertrugen. Im Stillen schickte sie ein Stoßgebet zum Himmel.

Beim Hinausgehen steckte Lenchen ihre kleine Hand in die von Anna und schaute sie mit ängstlichen Augen an. „Es wird alles gut, mein Mädchen", tröstete sie Lenchen, obwohl sie sich dessen nicht so sicher war.

•••

Anna behütete Lenchen mit der allergrößten Sorgfalt. Sie durfte selten draußen mit David toben. Sie las ihr viele Bücher vor und beschäftigte sie so gut wie möglich drinnen. Das mit der trockenen Luft war allerdings ein echtes Problem. Die Wände des kleinen Lehmhauses waren nass und der Fußboden auch. Anna lüftete so oft sie konnte und bemühte sich sehr.

David war ein Musterkind, gehorsam und verständnisvoll. Anna war für ihn bald die erste Vertrauensperson. Alles vertraute er ihr an.

Johanns älterer Bruder Abram wohnte mit seiner Familie im Herrenhaus, zusammen mit Vater Epp. Alle zusammen erledigten sie die Arbeit in Haus und Hof. In Alexanderwohl hatte jeder Bauer hinter dem Fluss, der am Dorf vorbeilief, einen großen Obstgarten, der genauso breit wie das Grundstück war. Jeder Hof hatte in der Regel Apfel-, Birnen-, Pflaumen- und Aprikosenbäume. Das Obst wurde entweder frisch gegessen, gedörrt und für den Winter aufbewahrt, oder es wurde Sirup und Marmelade gekocht. Gefallenes Obst wurde dem Vieh zum Fraße hingeworfen. Die Kinder hatten die Aufgabe, das Obst in Körben zu sammeln. Auch David half schon kräftig mit.

Anna war glücklich. Wenn sie nicht in der Küche war, verarbeitete sie Obst oder nähte für die Familie. Zu tun gab es immer genug. Viel Zeit verbrachte sie auch mit den Kindern. Johann war gut zu ihr. Manchmal, wenn er sie mit seinen freundlichen Augen ansah, verspürte sie ein Kribbeln. Einige Monate nach ihrer Hochzeit verspürte sie nicht nur große Sympathie dem Mann gegenüber, den sie geheiratet hatte, sondern auch schon Liebe und großen Respekt.

Sie dankte Gott für die Wendung, die es in ihrem Leben

gegeben hatte. Und sie freute sich auf ihr Baby, ihr Bauch wurde immer runder. Gott zeigte ihr, dass er es sehr gut mit ihr meinte.

•••

Ende März 1913 saß Familie Epp am Ofen und wärmte sich. Obwohl der Winter bereits verabschiedet worden war, herrschten draußen noch winterliche Temperaturen. Die Winterabende verbrachten sie in der Regel als Familie. Es war für Anna die schönste Zeit des Tages. Johann hatte beide Kinder auf dem Schoß, sang mit ihnen und lehrte ihnen Bibelverse. Anna saß mit einer Hose in der Hand und wollte sie flicken. David spielte gern draußen und da gab es immer wieder Kleidungsstücke in Ordnung zu bringen.

Doch irgendwie war sie an diesem Abend nicht so ganz bei der Sache. Ihr Bauch drückte immer mehr. Das Sitzen fiel ihr schwer. Sie stand auf, um einige Schritte zu gehen. Und da fingen die Stiche und das Ziehen im Unterleib an. Es würde also bald soweit sein – der langersehnte Moment der Geburt ihres ersten Kindes, dem sie mit Freude, aber auch mit großer Angst entgegen gesehen hatte.

Sie gab Johann durch ein Zeichen zu verstehen, dass die Kinder ins Bett müssten. Der sprang sofort auf und machte sich auf den Weg, die Hebamme zu holen. Sowohl Anna als auch Johann waren unruhig. Kam es doch oft vor, dass eine Mutter bei der Geburt starb. Johann hatte Angst davor, er wollte nicht noch eine Frau verlieren.

Doch es ging alles gut. Bevor der Morgen anbrach, hielt Anna einen gesunden Sohn im Arm. Sie nannten ihn Gerhard, wie Annas Vater. Die Geburt war schwer gewesen, aber das Gefühl, ein eigenes Kind in den Armen zu wiegen und zu stillen, ließ die schweren Stunden bald in den Hintergrund rücken.

David und Lenchen nahmen das neue Familienmitglied mit Freuden auf. Lenchens Geschwüre wurden weniger und sie war viel weniger kränklich. Nach einer Visite sagte der Arzt zu Anna: „Sie haben Erstaunliches vollbracht! Es ist unglaublich, wie sich Lenchens Zustand verbessert hat." Anna erwiderte darauf: „Ich habe mein Bestes gegeben, aber Gott ist es, der Heilung schenkt." Darauf erwiderte der Arzt nichts, denn er war ein bekennender Atheist.

Nicht nur gesundheitlich, sondern auch wirtschaftlich lief es in der Familie Epp gut. Das Glück schien auf ihrer Seite zu sein, würde manch einer sagen. Doch sowohl Anna als auch Johann sagten dazu: „Wir leben in der Gnade Gottes und sind dankbar für den reichlichen Segen!

II

Alexanderwohl lag still in der Abenddäm-merung. Man schrieb Juli 1920. Ein Beobachter, der dieses Dorf vor acht Jahren besucht hatte, würde es nicht wiedererkennen. Auf der breiten Dorfstraße, an beiden Seiten der Straße hohe Bäume und zu jeder Seite die Gartenzäune, regte sich nichts. Das lebhafte Treiben, das man gewöhnlich um diese Jahreszeit kurz vor Sonnenuntergang beobachtet hatte, war nicht mehr da. Totenstille. Zwischendurch ein müdes Schreien einer Kuh. Wo waren die weiten Weizenfelder geblieben? Die Felder waren kahl. Wo war die heitere Dorfgesellschaft, die sich regelmäßig, wenn nicht auf der Straße dann in ihrer prächtigen Kirche versammelte?

Im Hause Epp saß man beisammen. Trotz der Tatsache, dass die Familie bereits gewachsen war, herrschte auch bei ihnen Stille. Gerhard waren Anna, Johann (Hans) und Abram gefolgt. Zusammen mit David und Lenchen, ihren Stiefkindern, hatte Anna nun schon sechs Kinder. Und sie stand kurz vor der Geburt ihres fünften Kindes. Anna sah nicht gut aus. Ihr Gesicht war blass, abgemagert und hohläugig. Ihre einstige Fülle in den Wangen war verschwunden.

Leise stimmte Johann das Lied an „Wenn der Heiland, wenn der Heiland, als König erscheint..." Die Kinder stimmten leise mit ein. Das Singen mit ihrem Vater gehörte im Moment zu den besten Augenblicken in ihrem Leben. Anna strich mit der Hand über ihren runden Bauch. „Was wird die Zukunft uns bringen, mein Kleines?", sagte sie ganz leise zu ihrem Baby.

Wenn sie es vor acht Jahren als ein Segen empfunden hatte, dass sie wirtschaftlich vorankamen und gesund waren, dann sah sie es heute als größtes Geschenk an, dass sie noch alle am Leben waren. Sie hatten weder bestellte Felder, noch Arbeit, noch genug zu essen. Heute Abend zum Beispiel hatte jedes Kind einen gerösteten Zwieback erhalten, mehr nicht. Johann und sie waren leer ausgegangen. David war mittlerweile schon dreizehn Jahre alt. Er hätte viel mehr gebraucht, um satt zu werden und sich richtig zu entwickeln. Doch mehr war nicht da.

Und Familie Epp war kein Einzelfall in der Ukraine. Die gesamten mennonitischen Dörfer hatten schreck-liche Zeiten hinter sich, und die Zukunft sah nicht rosiger aus. Politisch gesehen war die Lage chaotisch und unkontrollierbar, und das seit mehr als vier Jahren. Erst war der 1. Weltkrieg ausgebrochen, dann hatte Zar Nicolaus II., den die Mennoniten eigentlich verehrten, ein Gesetz erlassen, dass alle Großgrundbesitzer enteignet werden sollten, besonders auch die Deutschen, denn sie waren ja Russlands Feinde. Als dann die Kerenski Regierung den Zar gestürzt hatte, war für die Mennoniten ein kleines Licht am Horizont erschienen. Die Zeiten versprachen besser zu werden. „Du wirst sehen, Anna", hatte Johann zu seiner Frau gesagt, „es wird wieder leichter. Diese Regierung möchte sogar, dass wir als Mennoniten politisch aktiv werden, dass wir mitdenken und mitarbeiten. Auch brauchen wir uns vor keiner Enteignung mehr fürchten." Anna hatte damals gerade ihren sechs Wochen alten Hans gestillt. Johann hatte so zuversichtlich gesprochen, dass sie ihm gerne geglaubt hatte.

Doch Johanns Optimismus hatte sich als falsch erwiesen. Es wurde nicht leichter, sondern nur noch viel schlimmer. Die Kerenski Regierung wurde schon bald gestürzt und die Bolschewiken übernahmen das Ruder. Unter ihrer Regierung zog Terror, Gewalt, Plünderung und Mord ein. „Reichtum ist Verbrechen und Eigentum Diebstahl", so lautete das Motto in dieser Anarchie. Besonders schwer betroffen waren die mennonitischen Siedlungen in der Ukraine. Alles, was nicht niet- und nagelfest war, nahmen die Banden unter der Führung ihres Helden Machno mit: Schmuck, Kleider, Mehl, Schinken, Butter und Pferde. Mennoniten wurden ohne Anklage festgenommen, gefoltert und erschossen.

Anna liefen die Tränen über die Wangen. Bei all den schweren Ereignissen, die sie in den letzten Jahren gemacht hatte, vergaß sie, dass sie im Kreise ihrer Familie saß. Sie dachte an die liebe Tante Sawatzky im Nachbardorf, die zusammen mit ihren drei Töchtern überfallen und dann vergewaltigt wurden. Die siebzehnjährige Lisa war nicht nur mit den entsetzlichen Erinnerungen zurückgeblieben, sondern auch noch mit einem Kind im Bauch. Ein Kind von einem Verbrecher! Ein Kind, das in solch einer furchtbaren Situation gezeugt wurde!

Weiter dachte Anna an Familie Sukkau, die komplett ausgerottet wurde; die Eltern mit ihren sieben Kindern. Niemand war am Leben geblieben. In der Nachbarkolonie Chortitza waren in dem Dorfe

Eichenfelde in einer Nacht alleine 81 Männer und vier Frauen umgebracht worden. Das hatte Anna nur gehört; Freunde oder Bekannte hatte sie in diesem Dorf nicht. Das Furchtbare dieser Situation überstieg Annas Vorstellungsvermögen.

Schwer wurde es Anna auch bei dem Gedanken an die jungen Männer, die sich zum Selbstschutz vereint hatten. Es gab eine Gruppe von Mennoniten, die es satt hatte, sich alles gefallen zu lassen. Sie schlossen sich zusammen und kämpften gegen die Banden. Sie griffen zur Waffe, obwohl die Mennoniten bisher immer wehrlos gewesen waren und sich seit Jahrhunderten für das Prinzip der Wehrlosigkeit eingesetzt hatten. Nun waren da einige, die diesem Grundsatz untreu wurden. Junge mennonitische Männer erschossen andere und waren damit im Grunde genommen nichts besser als die Mitglieder der Banden, oder? Anna wusste, dass es bei vielen Mennoniten zu einem Gewissenskonflikt kam, wenn das Thema des Selbstschutzes angesprochen wurde. Konnte man Gewalt mit Gewalt bekämpfen? Man konnte es, dass sah man. Aber Anna war davon überzeugt, dass es nicht der richtige Weg war.

Bei all diesen Gedanken und Erinnerungen an das, was lieben Menschen widerfahren war und wozu andere verführt wurden, wurde es Anna speiübel. Sie hätte sich am liebsten übergeben. Diese realen Gefühle ließen sie zurück in die Wirklichkeit kommen. Johann sang immer noch mit den Kindern. Das Liedrepertoire ihrer Kinder war schon verhältnismäßig groß.

Von den Kindern hatte niemand ihre Reise in die Verzweiflung gemerkt. Johann blickte sie mit seinen ebenfalls hohlen Augen an. Dieser Blick ließ sie wieder aufatmen. In den acht Jahren ihres Ehelebens war Johann für sie der liebste Mensch geworden. Damals bei der Heirat hatte sie nicht von Liebe sprechen können. Doch heute wusste sie, dass sie niemanden so lieben würde wie diesen Mann.

„Wir haben uns noch gegenseitig, und auch unsere Kinder", sagte Johann vor dem Schlafengehen zu seiner Frau. „Das ist ein Grund zum danken. Die meisten haben es nicht mehr so gut." Er hatte Recht, das wusste sie. Doch, hochschwanger wie sie war, spielten ihre Gefühle verrückt und sie begann wieder zu weinen. Johann nahm sie in die Arme und sprach ein kurzes Gebet. Anna war noch nie einem dankbareren Menschen begegnet als ihr Ehemann es war.

•••

„Gnadenheim wurde von der Roten Armee besetzt", erzählte Franz Klassen, ein Dorfbewohner. „Bei Hein Peters im Haus wurden mehr als dreißig Soldaten einquartiert." Johanns Herz wurde schwer. Gnadenheim war ihr Nachbardorf. Die Weißen und die Roten bekämpften sich gegenseitig. Es war ein Bürgerkrieg ohne Ausmaß. Die Schlachten wurden mitten in den Kolonien ausgetragen. Die Soldaten kamen einfach und beschlagnahmten große Wirtschaften für sich.

Gnadenheim… das war nun schon sehr nahe. Johanns Gedanken schlugen Purzelbäume. Was machen wir, wenn sie hier einrücken? Von anderen Dörfern wusste er, dass die Dorfbewohner tagelang im Keller verschwanden, um zu entgehen, dass sie den Kampf miterleben mussten. Auf dem Nachhauseweg dachte er nur: Was mache ich? Wo verstecke ich meine Familie? Doch wohl im Keller von Vaters Haus. Eine andere Möglichkeit sah er nicht.

In den nächsten Tagen hörten die Dorfbewohner von Alexanderwohl, wie im Nachbardorf geschossen und gekämpft wurde. Sie saßen in ihren Häusern, warteten, befürchteten das Schlimmste und beteten inbrünstig. Doch sie sollten Glück haben. Die Roten siegten und die Weißen zogen sich zurück. Der Bürgerkrieg kam in diesen Tagen in ihrer Nähe zum Stillstand.

Die Anarchie hatte ein Ende genommen, der Bürgerkrieg nun auch. Was erwartete sie in der Zukunft? Ein Neuanfang? Noch schlimmere Zeiten?

Johann legte auch diese Sorgen in die Hand seines großen Gottes. Gottesdienste wurden nicht mehr gehalten, auch Hauskreise und Bibelstunden nicht. Viele Mennoniten hatten nicht mehr den Mut ihren Glauben auszuleben. Viele waren so sehr verbittert durch die schweren Erfahrungen, die sie gemacht hatten, dass sie Gott aus ihrem Leben verdrängten. Johann und Anna jedoch nahmen sich immer wieder vor, in Gottes Nähe zu bleiben. „Nur mit ihm werden wir noch schlimmere Zeiten überstehen, Anna", pflegte Johann zu sagen.

•••

Und es sollten noch schlimmere Zeiten kommen. Die Truppen hatten in den Dörfern Krankheiten hinterlassen. Das Vieh wurde von der Rinderpest befallen und verendete größtenteils. In den meisten Familien blieb bestenfalls eine magere Milchkuh. Zusätzlich hielt noch der Typhus Einkehr. Viele Menschen erkrankten an dieser Epidemie. Am häufigsten betroffen waren Kinder und Jugendliche. Auch ins Haus der Familie Epp kam dieses Schreckgespenst. David und Tochter Anna erkrankten. Erst klagten sie über Kopf- und Gliederschmerzen. Dann stieg von einem Tag zum andern ihre Körpertemperatur auf 41°C. „Ihre Zunge ist ganz weiß", sagte Anna voller Sorge zu Johann. „Und sie haben hohes Fieber. David wird immer wieder von Übelkeit und Erbrechen überfallen. Sein Durchfall ist wie Wasser." Und nach einer kurzen Pause sagte sie ganz leise: „Ich weiß nicht mehr, was ich machen soll."

Der Arzt in Alexanderwohl war einer der ersten Personen gewesen, die dieser Krankheit zum Opfer fielen. Anna war am Ende ihrer Kraft. Tag und Nacht war sie am Krankenbett. Lenchen war ihr eine große Hilfe. Sie war zwar auch nicht ganz gesund, denn immer noch litt sie an Tuberkulose. Immer noch musste sie Acht darauf geben, dass die Geschwüre nicht ausbrachen. Aber in dieser Situation stand sie Anna zur Seite, meistens übernahm sie die jüngeren Geschwister.

Anna ließ sich in Johanns Arme fallen. Schon nur seine Anwesenheit tat ihr gut. Er war wirklich das Beste, was ihr im Leben passieren konnte. Manchmal dachte sie darüber nach, ob ihr Papa wohl auch ein so guter

Ehemann geworden wäre, wenn ihre Stiefmutter nicht so eine furchtbare Person gewesen wäre. Gerhard war jetzt acht, fast so alt wie sie damals, als ihre Mama starb. Die schlimmen Zeiten mit ihrer Stiefmutter kamen immer wieder hoch und machten ihr den Magen schwer. Sie hatte nachher schon viel Schlimmeres erlebt, aber Erlebnisse aus der Kindheit, die so prägend waren, ließen sich nicht verdrängen. Vergeben hatte sie ihrer Stiefmutter, das dachte sie jedenfalls. Aber trotzdem konnte sie nicht vergessen, was diese Frau ihr für eine schlimme Kindheit beschert hatte.

Aber Erlebnisse aus der Vergangenheit hervorzuholen brachte ihr jetzt auch nichts. Sie musste stark sein – für Johann, für die Kinder und für das Baby, dessen Ankunft in naher Zukunft lag.

„Mama", wimmerte Anna. Die Fünfjährige war nassgeschwitzt aus ihrem kurzen Schlaf aufgewacht. „Ich bin ja hier, mein Mädchen", tröstete sie ihre Tochter und machte ihr neue Umschläge.

•••

Die Revolution und der Bürgerkrieg, die Anarchie, der Typhus und der Hunger kannten kein Verschonen, kein Erbarmen, keine Rücksicht, sondern nur Willkür gegen Jung und Alt. Dennoch ging neben dem Tode auch das Leben weiter, nebst Hunger und Not lebte dennoch auch Hoffnung und gedämpfte Freude.

So erblickte am 8. August 1920 in Alexanderwohl im Hause Epp ein weiterer Junge das Licht der Welt. War seine Ankunft erwünscht gewesen? Erbeten? Oder einfach nur unvermeidlich? Ob so oder anders – Johann und Anna freuten sich. Es war ein kleiner Lichtblick am Ende eines dunklen Tunnels. Inmitten der Widrigkeiten, inmitten von Gewalt und Hunger, Hass und Boshaftigkeit in der Welt, wurde der kleine Heinrich wunderbar umsorgt und liebevoll gepflegt, von seinen Eltern und seinen sechs älteren Geschwistern. David und Anna waren zum Zeitpunkt der Geburt schon über den Berg. Sie würden es schaffen. „Ein Grund mehr, dem großen allmächtigen Gott von Herzen Danke zu sagen", sagte Anna zu ihren Kindern, als diese ihr neugeborenes Geschwisterchen begutachteten.

Doch dieser kleine Lichtblick am Horizont verschwand schon bald. Die Umstände wurden schlimmer. Aufgrund des Bürgerkrieges waren die meisten Felder nicht bestellt worden. Frisches Getreide war nicht in Aussicht. Vieh lebte so gut wie keines mehr in den Dörfern. Das bedeutete auch, dass es fast keine Milch gab. Die Hauptnahrungsquellen waren also beinahe versiegt. Allem die Krone aufgesetzt konfiszierte die neue kommunistische Regierung nun auch das Getreide, das in den Scheunen für die neue Aussaat aufbewahrt worden war. Vom Frühling bis zum Spätherbst 1921 regnete es so gut wie gar nicht. Es war extrem trocken. So etwas hatte Johann in all den Jahren seines Bauerndaseins noch nicht erlebt. Er war keine Ausnahme, wenn er in seinen Stall ging und auf einen leeren Getreideboden starrte. Wo einst prachtvolles Vieh auf den Weiden weidete, stand nun im besten Fall eine magere Kuh, meistens eher gar keine.

Wenn man bisher schon gedacht hatte, man litte Hunger, so wurde man jetzt eines Besseren belehrt. Bisher hatte man sich nicht satt gegessen, aber nun kehrte regelrecht Hunger ein. Proteine wie Butter, Eier, weißes Mehl und Fleisch verschwanden völlig aus den Speisekammern. Das hatte fatale Folgen. Die Menschen fingen an zu schwellen. Viele Menschen verhungerten, weil die Speisekammern leer waren. Man aß irgendetwas, um das Hungergefühl im Magen zu besänftigen. Auch vor toten Tieren wie Hunde, Katzen und Pferde machte man nicht halt.

Anna wurde immer magerer, die Kinder immer stiller. Niemand hatte Lust etwas zu spielen, geschweige denn zu arbeiten. Der Glanz aus den Augen verschwand und der Lebensmut sank. Die meisten Menschen waren blass, sehr mager und hatten eingefallene Augen.

„Gott sei Dank haben wir noch unsere Obstbäume", sagte Anna immer wieder. Es verstrichen Tage, da aß die gesamte Familie nichts anderes als einige Äpfel und Birnen. Doch die Früchte wurden immer weniger. Der Winter näherte sich. Was dann? Früher, als sie noch im Hause ihres Vaters gelebt hatte, hatte sie Gott immer wieder gefragt: „Warum musste Mama sterben? Warum bekamen wir eine so unfreundliche Stiefmutter? Warum, warum…" Heute fragte Anna nur noch: „Was, wenn der Winter kommt und wir keine Früchte mehr haben? Was dann, was dann…" Wir wollen auf Gott vertrauen, sagten Anna und Johann sich immer wieder. Aber angesichts der Umstände schien es manchmal unmöglich zu sein, optimistisch auf Gottes Handeln zu warten.

Die große Not führte dazu, dass viele Menschen auch moralisch sanken. „Der Hunger treibt ehrliche Menschen in den Diebstahl", erklärte Johann seinen Kindern, als diese ihm erzählten, wie einige Leute im Dorf aus Verzweiflung stahlen.

Kurz vor Winterbeginn nahm Anna alles, was sie in ihrer Speisekammer noch an Roggen, Gerste und Hirse fand und buk zwei kleine Brote. „Das ist das Letzte, was ich habe, Gott. Dann sind wir ganz von dir abhängig", schrie sie in ihrer Verzweiflung. Zum Abendessen servierte sie die warmen Brote. Die Familie hatte sich am Esstisch versammelt und ließ sich den leckeren Geruch in die Nase steigen. Vater Johann dankte für dieses Brot, das sie nun gleich zu sich nehmen würden und bat inbrünstig darum, dass Gott sie auch weiterhin versorgen solle.

Da klopfte es. „Wer kann das sein?", sagte Anna als sie sich erhob. Schwägerin Anna von nebenan? Vielleicht war etwas mit dem Großvater. Doch als sie die Tür öffnete, stand vor ihr ein fremder Mann; ein verlumpter, abgemagerter Bettler. Sie hatte keine Ahnung, wer das war. Auf Plattdeutsch sagte er fast unhörbar: „Hast dü noch wout tem ete fe mi?" Ob ich etwas zu essen habe für dich? Nein! Und nochmals nein! Wir sind selber am Verhungern! Das hätte Anna am liebsten geschrien. Aber sie tat es nicht. Ganz plötzlich überfiel ihr tiefes Mitleid mit diesem armen Mann. Hatte er bereits seine Familie verloren? Wie weit muss man kommen, um betteln zu gehen?

In diesem Moment wusste Anna, was sie tun musste. Sie kehrte zurück zu ihrer Familie am Tisch. Sie schaute Johann kurz an. Dieser nickte ihr zu. Er hatte die Frage des hungernden Mannes gehört und ahnte, was Anna im Sinn hatte. Sie nahm eines der beiden Brote und brachte es dem bettelnden Mann an der Haustür. Der dankende

Blick von ihm bestätigte Anna, dass sie richtig gehandelt hatte.

Als sie sich wieder an den Tisch setzte, herrschte hier Totenstille. Die Kinder waren einerseits schockiert über die Tat ihrer Mutter und andererseits bewegt von so viel Mitgefühl. Sie starrten Anna an. „Wir haben ja noch unsere Milchkuh, Kinder. Und wir haben einen liebenden Gott, der uns nicht im Stich lassen wird", sagte Johann zu den Kindern.

An diesem Abend ging Anna mit einem knurrenden Magen, aber mit zufriedenem Herzen ins Bett. Zusammen mit Johann betete sie für den armen Bettler an der Haustür.

•••

Johanns Worte „Gott lässt uns nicht im Stich" bewahrheiten sich, wenn auch nicht so schnell, wie er erhofft hatte. Ungefähr zu dem Zeitpunkt, als der kleine Heinrich geboren wurde, entstand in Nordamerika eine Organisation, die sich den Namen „Mennonite Central Committee" gab, in kürzerer Form sprach man vom MCC. Sowohl in Amerika als auch in Europa suchte und warb man um Hilfe für die Not leidenden Geschwister in der Ukraine. Gesammelt wurden Gaben, Gelder, Lebensmittel, Kleider und Medikamente. Diese sollten dann unter der ukrainischen Bevölkerung verteilt werden. Zuerst kamen sie nur sporadisch und auch nur zu einzelnen Personen.

Doch dann Ende des Winters 1921/1922 wurden in

vielen Dörfern der Molotschna Kolonie Speiseküchen errichtet. Auch in Alexanderwohl. Täglich erhielten die Menschen eine Ration Nahrung: Etwas Brot, Kakao und Reis. Die Ration war nicht groß und reichte auch nicht zum Sattessen. Aber es war immerhin so viel, dass man vor dem Verhungern gerettet wurde.

Das MCC reichte Familie Epp und Tausend anderen Personen mit seinem langen Arm aus Nordamerika über tausende Kilometer täglich etwas zum Essen. Die stärkenden Lebensmittel wirkten Wunder. Kinder bekamen wieder Lust zu spielen und Erwachsene konnten wieder freundlicher und hoffnungsvoller in die Zukunft schauen.

Als die schwierigste Zeit größtenteils überstanden war, kehrte Anna in sich und sagte zu ihrem Vater im Himmel: „Wer bin ich, dass du dich meiner so liebreich annimmst? Dass du mich und meine Familie beschützt hast? Durchgeführt durch Krieg, Krankheit und Hunger? Wir sind alle am Leben geblieben. Wunderbar! Und doch sonderbar! Warum wir? Warum hast du uns auserwählt?" Viele Fragen hatte Anna an Gott. „Ich weiß nicht warum gerade wir, aber ich bin dir von ganzem Herzen dankbar dafür!"

III.

Lenchen lag nun schon seit einigen Wochen meist nur im Bett. Sie war inzwischen fast 15 Jahre alt geworden. Doch die Tuberkulose, an der sie als Dreijährige erkrankt war, ließ ihr immer noch keine Ruhe. Anfangs hatte es so geschienen, dass es mehr eine Hauttuberkulose war. Doch mit den Jahren hatte sich die Krankheit auch auf die Knochen gelegt. Anna behütete ihre Stieftochter immer noch wie ein rohes Ei, aber es genügte nicht. Immer wieder brachen frische Wunden am Ellenbogen und auch am Knie auf. Sie hatte große Schmerzen, und war trotzdem ein ruhiges Mädchen. Nie klagte sie. Auch nicht, wenn sie von Arzt zu Arzt liefen und diese ihr trotz aller Untersuchungen nicht helfen konnten.

Im Sommer, wenn es für Anna so viel Arbeit im Garten gab, blieb Lenchen im Haus. Bevor Anna das Haus verließ, rief Lenchen: „Mama, kommst du noch einmal?" Wenn Anna dann an ihr Bett kam und sich über sie beugte, gab Lenchen ihr noch einen Kuss auf die Wange. „Bis bald, hab dich lieb, Mama!" Sie wollte damit sagen: Es ist in Ordnung, wenn du raus gehst. Ich schaff es hier drinnen schon alleine. Viele Jahre später hatte Anna immer noch dieses Bild vor Augen.

Einmal, es war Anfang 1923, die wirtschaftliche und politische Lage war wieder etwas erträglicher geworden, sah Anna des Morgens, dass es Lenchen gar nicht gut ging. Ihr Bein unterhalb des Knies war voller eiternder Geschwüre. Schon nur hinzuschauen war fast unerträglich. „Wir müssen wohl wieder zum Arzt, Johann." „Wenn wir ihr dadurch helfen, dann wollen wir das tun", sagte ihr Mann. Doch dieses Mal wurden sie mit einer schlimmen Nachricht konfrontiert. „Wir müssen das Bein amputieren, Frau Epp", sagte der Arzt zu Anna. „Wenn wir das nicht machen, dann hat Lenchen nicht mehr viele Lebenschancen." Nach einer kurzen Pause fuhr er fort: „Wenn die Amputation erfolgreich gemacht werden kann, wird sie mit Krücken gehen, aber nicht mehr diese qualvollen Schmerzen haben. Überlegen Sie es sich, und kommen Sie wieder, wenn Sie eine Entscheidung getroffen haben."

Anna und Johann schwiegen auf der Rückfahrt. Lenchen saß wie erstarrt da. Sie hatte gehört, was der Arzt sagte. Doch sie warf den Gedanken erst einmal weit weg von sich. Nur ein Bein? Immer auf Krücken? Andererseits ohne Schmerzen leben... Ihre Gefühle fuhren Achterbahn.

Am Abend, als sie als Familie zusammen saßen und wie allabendlich Lieder sangen und Bibelverse aufsagten, sagte Lenchen zu ihrer Familie: „Ich will es. Ich will endlich gesund werden und auch ein Leben ohne Schmerzen führen." Ihre Brüder David und Gerhard schauten sie mitleidig an. Sie waren die Ältesten, sie verstanden schon vieles. Johann sagte zu seiner Ältesten: „Ja Lenchen, deine Entscheidung ist gut. Es wird bestimmt kein leichter Weg, aber wir helfen dir."

An diesem Abend brachte Vater Epp die bevorstehende Operation im Gebet vor Gott. „Herr, halte mir mein

Mädchen am Leben. Leite die Hände der Ärzte. Ich will dir auch weiterhin treu sein, rette mein Mädchen!"

Tagebucheintrag von Anna am 2. Februar 1923

Ich hatte heute mal wieder einen richtig schweren Tag. Wir hatten Lenchen gestern zum Krankenhaus gebracht. Einige Stunden Fahrt bedeutete dies, obwohl wir schon die guten Pferde des Schwiegervaters genommen hatten. Es war mir nicht möglich, dort zu bleiben. Jemand musste bei den Kindern sein. Margarete, meine Jüngste, ist erst einige Wochen alt und ließ nicht nach mit Weinen. Ich hatte mit Lenchen abgemacht, dass ich morgen wieder zu ihr kommen würde.

Als ich dann heute mittags an ihr Krankenbett trat, lag sie da und weinte. Ich sah, dass sie schon lange geweint hatte. Ich wusste, dass die Ärzte sie bereits operiert hatten. „Mama, mein Bein ist weg. Mama, es tut so weh." Obwohl sie schon fast 15 Jahre alt war, wimmerte und jammerte Lenchen wie ein kleines Kind. Und ich? Ich hab sie in den Arm genommen und mit ihr zusammen geweint. Tröstende Worte fand ich nicht. Womit hätte ich sie schon trösten können? Ich konnte weder mit ihr mitfühlen noch wissen, was sie empfand. Ich habe noch nie ein Körperteil verloren.

Ich strich ihr übers Haar, immer und immer wieder. Verstohlen warf ich einen Blick zu der Stelle, wo bis heute früh ihr rechtes Bein gewesen war. Und das Einzige, was ich ständig denken konnte, war: Mein armes, kleines Mädchen! Was musst du nur durchmachen? Was alles aushalten!?

Es ist mir alles so schwer. Mein Herz ist traurig. Am liebsten hätte ich die Schmerzen auf mich genommen, damit meine Tochter nicht so leiden müsste.

•••

Lenchen lernte mit ihrem Zustand umzugehen. Schnell lernte sie mit Krücken gehen. Ihre Geschwister waren alle sehr behilflich. Stundenlang saßen sie bei ihr und lasen oder sangen mit ihr. Auch noch in ihrem Zustand war sie Anna oft eine große Hilfe. Sie war ein liebevolles Mädchen, das gerne ihre jüngeren Geschwister beaufsichtigte und sich mit ihnen beschäftigte.

Am 26. September 1925, etwas über einen Monat nach Lenchens Beinamputation, wurde die Familie Epp mit dem Leben eines weiteren Kindes beschenkt, eine Tochter. Elisabeth nannten Johann und Anna sie, sprachen aber immer nur von Lisbeth. Mit viel Freude wurde sie von den übrigen Familienmitgliedern aufgenommen und willkommen geheißen.

Anna selber war extrem erschöpft in den ersten Tagen nach der Geburt. Und sie hatte ein ungutes Gefühl in der Magengegend. Irgendetwas schien nicht zu stimmen mit der kleinen Lisbeth. Sie weinte viel und immer lief sie dabei blau an. Das hatte Anna noch bei keinem Kind vorher beobachtet. „Irgendetwas stimmt nicht mit unserer Tochter", sagte sie zu Schwägerin Anna, die gerade bei ihnen reinschaute. „Warum meinst du?", fragte diese. „Sie wird blau wenn sie weint. Ich habe mal gehört, dass dann mit dem Herzen etwas nicht stimmt. Weißt du noch, bei Klassens am Ende des Dorfes?" Klassens hatten auch ein Baby gehabt, das nach einigen Tagen starb. Das war auch blau angelaufen und hatte Atemprobleme gehabt.

Schwägerin Anna blickte sie ernst an, sagte aber nichts. Sie nahm Lisbeth in den Arm und beobachtete sie. Nach einer Weile sagte sie: „Ja, Anna, ich habe auch den Eindruck, dass ihr auf dem schnellsten Wege einen Arzt aufsuchen solltet."

Das taten sie dann auch. Ihr Verdacht war begründet. Lisbeths Herz war nicht in Ordnung. Das hörte der Arzt an einem Rauschen. „Ich kann Ihnen leider nichts Genaueres sagen. Das Herz ist noch nicht sehr weit erforscht und wir haben wenig Apparate für die Untersuchungen. Aber", und er machte eine kurze Pause, „es hört sich nicht gut an. Ich will Ihnen keine großen Hoffnungen machen. Ihre kleine Tochter wird höchstwahrscheinlich nicht lange leben."

Damit verabschiedete er Johann und Anna mit ihrer kleinen Lisbeth. Müde, enttäuscht, traurig, verzweifelt – so fühlte Anna sich. „Was kann ich tun?", hatte sie den Arzt noch gefragt. Dieser hatte nur den Kopf geschüttelt und gesagt: „Versuchen sie, dass sie so wenig wie möglich weint. Ansonsten können Sie ihr nicht helfen."

Wie war es bei Klassens gewesen? Sie war nicht sicher, aber länger als eine Woche hatte deren Junge nicht gelebt. Wie lange würde es bei ihnen sein? Wie viel Zeit würde die kleine Lisbeth unter ihnen weilen? Was würden die anderen Geschwister sagen? Besonders der vierjährige Heinz und die zweijährige Greta hatten sich so gefreut, als die kleine Schwester geboren wurde. Ihnen diese Hiobsbotschaft zu überbringen würde Anna Johann überlassen. Sie war am Ende ihrer Kraft.

•••

Es klopfte. „Wer kann das zu später Stunde noch sein?", fragte Anna ihren Gatten. Dieser zuckte nur mit den Schultern und erhob sich. Sie saßen zusammen und genossen die Zweisamkeit. Alle Kinder waren bereits in ihren Betten. Lisbeth hatte getrunken und war auch eingenickt.

„Guten Abend, Abram. Komm doch rein", forderte Johann seinen älteren Bruder auf. Er rückte einen Stuhl zurecht und bot Abram Platz an. Dieser sah Anna kurz an. Sie verstand seinen Blick. Ihr Schwager wollte, dass sie bei diesem Gespräch nicht anwesend war. Was er wohl Wichtiges zu besprechen hatte? Doch sie respektierte seinen Wunsch. Sie zog einen Mantel über und verließ das Haus. Es war Anfang Herbst und abends kühlten die Temperaturen schon spürbar runter.

Nachdem Anna die Tür hinter sich geschlossen hatte, atmete Abram tief durch und begann dann zu sprechen. „Wir gehen. Wir haben uns für Kanada entschieden." Obwohl viele Mennoniten zu dieser Zeit nach Kanada auswanderten, traf es Johann wie ein Schlag. Sie selber hatten diese Möglichkeit noch nicht ernsthaft in Erwägung gezogen. Und er hatte das von seinem Bruder auch nicht angenommen.

Johann wusste nicht, was er Abram antworten sollte, deshalb nickte er nur. Teilweise konnte er seine Entscheidung gut verstehen. Obwohl die politische Situation momentan etwas leichter war, so fühlte man sich doch nicht mehr so sicher in der Heimat. Der Wahlspruch der neuen Regierung hatte gelautet: „Religion ist Opium fürs Volk." Man konnte nicht wissen, in welchem Ausmaß dieser Spruch auswüten würde.

Nochmal nickte Johann, ihm fielen einfach keine Worte ein, die er seinem Bruder hätte sagen können. „Du weißt, was das bedeutet?", fragte Abram schließlich. „Ihr müsst euch um Vater kümmern, denn mitnehmen können wir ihn nicht. Kanada nimmt keine kranken Personen auf." So manch ein Familienvater war schon traurig aus dem Saal des Arztes geschlichen, der seine Familie untersucht hatte. Wenn jemand das Gesundheitsexamen nicht bestand, war es für die Auswanderungsinteressierten in dem Moment wie ein Todesurteil. Es gab viele, die nichts anderes mehr im Sinn hatten, als Russland zu verlassen.

Das war auch der Grund, warum Johann nie ernsthaft an eine Auswanderung gedacht hatte. Mit ihrer kranken Lenchen und nun auch mit Lisbeth hätten sie sowieso keine Einwanderungserlaubnis erhalten. Vater Epp war seit längerer Zeit gelähmt und vollkommen taub. Abram und Anna hatten sich viele Jahre liebevoll um ihn gekümmert. Nun war Johann dran, denn vier seiner Geschwister waren vor vielen Jahren an Tuberkulose gestorben, genau wie seine Mutter. Die anderen Geschwister lebten auch nicht mehr.

„Das wird viel werden für meine Frau", sagte Johann schließlich. „Lenchen braucht viel Pflege, Lisbeth ist fast nur auf dem Arm und dann noch der kranke Vater." Jetzt war es Abram, der nur nicken konnte. Doch ihre

Entscheidung war gefallen. Schon in zwei Wochen sollte es losgehen.

Johann verstand es nicht gut, dass Abram die ganze Reise geplant hatte, ohne ihm Bescheid zu geben. Außerdem hatte er Bedenken, wie Anna die Nachricht aufnehmen würde. Sie selber hatte immer öfters Asthmaprobleme und zwei kranke Mädchen zu pflegen überstieg manchmal schon ihre Kräfte. Wenn jetzt noch der pflegebedürftige Großvater dazukam, wäre es noch eine Last mehr.

•••

Der erste Frost war bereits gefallen, als Abram und Anna sich zusammen mit ihren zwei Kindern verabschiedeten. Mit ihnen fuhr auch Gerhard Thielmann, Annas 15-jähriger Stiefbruder. Abram hatte ihn gefragt, ob er nicht mitwolle. Annas Stiefmutter hatte nichts dagegen gehabt, und so reiste Gerhard mit ins ferne Kanada.

Es gab ein Umarmen, hier und da fielen ein paar Tränen und man wünschte sich gegenseitig alles Gute. Im Schutz der großen Akazienbäume stand Johann mit seiner Familie und nahm Abschied von seinem einzigen lebenden Bruder. Konnten sie „Auf Wiedersehen" sagen? Die Wahrscheinlichkeit war sehr groß, dass sie sich nie wiedersehen würden.

Anna wischte sich eine Träne aus dem Augenwinkel. Sie wusste selber nicht genau, was sie am meisten bedrückte. War es der Abschied von der lieben Schwägerin oder war es ihre schwere Situation? Lisbeth war mittlerweile etwas über einen Monat alt. Sie hatte oft Atemnot, blaue Lippen und Nägel. Anna sah, wie ihre Jüngste litt. Und sie selber war so machtlos.

Etwas Gutes brachte die Auswanderung der Geschwister allerdings mit sich. Anna würde mit ihrer Familie zum Vater ins große Wohnhaus ziehen. Das kleine Lehmhaus war schon so klein für ihre große Familie. Abram hatte bisher seinen Vater gepflegt, deshalb hatte er auch im großen Haus gewohnt. Nun, da er weg war, würden sie in das geräumige Wohnhaus ziehen.

Auf Anna strahlte das Haus etwas Majestätisches aus. Schon oft hatte sie es gedacht, aber noch nie zu jemanden gesagt, wie gern sie in dieses Haus ziehen würde. Die Wände waren mit Brandziegeln gemauert und es gab große Fenster. Die Eingangstür führte direkt auf den Hof. An der anderen Seite des Hauses war auch ein Eingang, der in die Sommerküche führte. In der Sommerküche hatten sie einen Herd, einen Backofen, zwei große eingemauerte Kessel und die Darre zum Obst dörren. Das Dach war mit Dachpfannen gedeckt. Der Wohnteil bestand aus der sogenannten Großen Stube, der Kleinstube und der Eckstube. Alle drei Zimmer waren um einen Ofen arrangiert. Dieser wurde von der Küche aus geheizt. Das Haus war also nicht nur geräumig, sondern im Winter auch schön warm. Darauf freute Anna sich, dass sie es diesen Winter wärmer haben würde. Das Haus hatte sowohl einen Dachboden als auch einen Keller. Stall und Scheune waren gleich anschließend.

Anna würde viel Raum haben für ihre Familie. Sie hatte sich über die Enge in ihrem Lehmhaus nie beklagt, aber es war ihr doch schon oft sehr eng vorgekommen. Besonders die Winter waren immer sehr lang gewesen.

•••

„Darf ich bitte zu Marias Hochzeit gehen? Bitte, Mama!" Lenchen äußerte selten einen Wunsch, aber heute verhielt sie sich ziemlich aufdrängend. Es war im Sommer 1926 und ihre beste Freundin Maria wollte am Samstag heiraten, und sie wollte gern wenigstens zur Trauung in die Kirche gehen. Maria war ziemlich älter als Lenchen, aber sie hatte sich schon seit Jahren um Lenchen gekümmert. Es verband sie eine tiefe Freundschaft.

„Ich versteh dich sehr gut, Lenchen. Aber ich habe große Angst, dass dir irgendetwas zustoßen könnte." Lenchen blieb in der Regel nur im Haus, Anna verstand es sehr gut, wenn sie mal raus wollte. Aber ihre Bedenken waren einfach zu groß. „Ich möchte aber so gerne, Mama, es ist ja nur hier auf Nachbarschaft. Ich komm auch gleich danach zurück nach Hause!", bettelte Lenchen weiter. „Ich werde abends mit deinem Vater sprechen, in Ordnung?", versprach Anna ihrer 18-Jährigen.

•••

Anna saß in ihrem Sessel und stillte Lisbeth. Diese trank immer ganz kurz und machte dann Pause. Das Trinken strengte sie unglaublich an. Sie lief dabei ganz blau an. Im nächsten Monat würde sie ein Jahr alt werden. Das

Leben wurde ihr immer schwerer. Anna liefen die Tränen über ihre Wangen, während sie Lisbeth dabei beobachtete, wie sie für das bisschen Nahrung so hart arbeitete. Lisbeth streckte ihr kleines Händchen mit den blauen Fingernägeln zum Gesicht ihrer Mutter hoch und wischte die Tränen weg. Da weinte Anna nur noch mehr.

Wie schon so oft stellte sie sich im Stillen die Frage, wie lange Lisbeth noch leben würde. Sie wollte sie nicht sterben lassen, ertrug es aber auch fast nicht, sie leiden zu sehen.

In diesem Moment kam Johann in die Stube. Er strich Anna übers Haar und küsste sie auf die Stirn. Seine Gegenwart ließ Anna wieder innerlich zur Ruhe kommen. „Lenchen möchte am Samstag auf die Hochzeit. Was sagst du dazu?", brachte sie das Anliegen ihrer Tochter vor ihren Mann. Sie unterhielten sich kurz darüber und entschieden dann, dass Lenchen gehen dürfe, wenn sie es denn so gerne wollte.

•••

Der Samstag war ein wunderschöner Tag. Es war warm und Alexanderwohl zeigte sich in seiner schönsten Pracht: Die Blumen blühten, die Obstbäume waren voller Obst, das zu reifen anfing, und die Baumallee, die sich an der Dorfstraße entlang zog, zeigte sich in ihrem schönsten Kleid. Alles war perfekt in Feierstimmung. Wenn im Dorf eine Hochzeit gefeiert wurde, gab es stets ein großes Dorfsfest. In der Regel war die ganze Dorfgemeinschaft präsent.

Lenchen war schon von morgens an ganz aufgedreht. Sie

freute sich riesig, dass ihre Eltern ihr erlaubt hatten, in die Kirche zu gehen. Sie zog ihr bestes Kleid an und begab sich mit ihren Krücken zur Feier. Ihre älteren Brüder David und Gerhard begleiteten sie. Zum Abschied gab sie der Mutter einen Kuss. „Ich pass auch gut auf, ich verspreche es."

Sie humpelte davon. Anna beobachtete sie, bis sie durch das Tor auf den Kirchhof trat. Möge doch alles gut gehen, dachte sie. Vielleicht war sie auch einfach zu überbeschützend. Doch sie hatte keine Zeit, sich länger den Sorgen um Lenchen hinzugeben. Lisbeth bekam wieder einen ihrer Schreianfälle. Sie nahm sie in den Arm und ging mit ihr auf und ab. „Bitte lieber Gott, lass sie ruhig werden", betete sie immer wieder. Heinz und Greta saßen in ihrer Nähe und spielten miteinander. Heinz sah besorgt zu ihr hin. Anna versuchte ihn zu beruhigen. „Es wird alles gut, Heinz", sagte sie zu ihm.

Lisbeth weinte eine Weile und schlief irgendwann erschöpft ein. Anna betrachtete ihre blauen Lippen. Wie lange noch?, fragte sie sich immer wieder.

•••

In der Kirche waren mittlerweile die Andacht und die Trauung beendet. Alle Anwesenden wurden eingeladen, am Hochzeitsessen auf dem Hof der Braut teilzunehmen. Nachdem das Brautpaar die Kirche verlassen hatte, erhob Lenchen sich und wollte mit der Menschenmenge zusammen den Raum verlassen. In dem Moment, als sie die Bankreihe verließ, rempelte sie ein kleiner Junge an und stieß an ihre Krücke, sodass sie hinfiel und laut aufschrie. David und Gerhard hoben sie auf und brachten sie sofort nach Hause.

Als Anna ihre Jungen mit Lenchen im Arm nach Hause kommen sah, ahnte sie Schlimmes. Immer und immer wieder fragte sie Lenchen, ob sie sich denn nicht gestoßen habe. Lenchen antwortete jedes Mal: „Mutter, es geht mir gut. Mach dir keine Sorgen."

Doch Lenchen war nicht ehrlich, sie hatte sich gestoßen und zwar ziemlich sehr. Sie hatte große Angst, wie ihre Mutter reagieren würde, wenn sie es merkte. Deshalb verschwieg sie ihre Schmerzen. Denn sie hatte ja versprochen, aufzupassen. Jetzt war ihr doch etwas passiert. Wenn Lenchen alleine in ihrem Zimmer war, saß sie und weinte. Sie weinte, weil sie Schmerzen hatte und aber auch, weil sie von Schuldgefühlen ihrer Mutter gegenüber geplagt wurde. Diese hatte sie ja gewarnt und gebeten, doch lieber zu Hause zu bleiben. Doch sie selber hatte so gerne gehen wollen. Das hatte sie nun davon.

Etliche Tage später kam die Wahrheit ans Licht. Anna trat unangekündigt ins Zimmer und sah, dass Lenchen die Hand hinter den Rücken tat. „Was hast du denn da, Lenchen?", fragte sie. Da konnte Lenchen nicht anders als mit der Wahrheit rausrücken. Sie habe furchtbare Schmerzen und habe sich ihre Wunden mit einer Salbe eingerieben, gestand sie ihrer Mutter unter Tränen. „Es tut mir so leid, Mama. Ich habe das nicht so gewollt. Ich wollte dir nicht noch mehr Kummer und Sorgen bereiten." Anna nahm Lenchen in den Arm und weinte mit ihrer Tochter zusammen. „Es geht nicht um mich,

Lenchen. Es geht um dich. Du sollst nicht Schmerzen haben", tröstete Anna sie.

Anna sah sich ihre Wunden an und legte Umschläge auf. Sie tat ihr Bestes, aber sah gleich, dass die Wunden dieses Mal wirklich schlimm waren. Als Johann vom Feld kam, spannte er gleich an und fuhr mit Lenchen zum Krankenhaus. Anna blieb zu Hause mit Lisbeth und den anderen Kindern.

Doch was die Ärzte auch taten, sie waren nicht im Stande, Lenchen zu heilen. In den darauffolgenden Wochen wurden die Schmerzen immer stärker und die Wunden entzündeten sich. Etliche Male am Tag verband Anna die Wunden frisch. Den Verband verbrannte sie immer gleich, denn die Ärzte hatten zur Vorsicht gemahnt, dass nicht noch andere Familienmitglieder von der Tuberkulose angesteckt würden. Auch eigenes Geschirr und Besteck hatte Lenchen.

Lenchen litt, und alle in der Familie litten mit. Doch trotz ihrer Schmerzen war sie die Anlaufstelle im Haus, besonders für die kleineren Kinder. Alle liebten sie. Besonders Heinz verehrte seine ältere Schwester. Sie konnte so wunderbare Geschichten erzählen und tolle Lieder singen. Wenn er nur konnte, saß er bei ihr am Bett. Heinz war ein ganz besonderes Kind. Bevor er überhaupt sprechen konnte, brummte er schon Melodien. Wenn Anna mal nicht genau wusste, wo er war, horchte sie nur, wo gesungen wurde. Denn Heinz war nie leise an seinem Platz.

Wenn Lenchen um eine Tasse Wasser bat, war Heinz stets der Erste, der aufstand, ihre Tasse nahm und für

Lenchen Wasser aus der Küche holte.

Lenchens Zustand wurde immer schlimmer. Anna ließ einen Arzt kommen, denn ihre Wunden eiterten sehr und Lenchen hatte so große Schmerzen, dass sie nicht mehr schlafen konnte. Zur Linderung gab der Arzt ihr Opium, und das über einige Wochen. Die letzten drei Tage, es war im späten Herbst, half nicht einmal mehr das Opium. Lenchens Wimmern wurde so laut, dass man es im ganzen Haus hörte. Alle Kinder im Haus waren still und trauerten mit. Dann, es war Ende November, war es plötzlich ganz leise. Lenchen war gestorben. Anna versammelte ihre Familie und zusammen nahmen sie am Sterbebett Abschied. Sie hielten sich in den Armen und weinten. Ihre Tränen drückten einerseits den schweren Abschiedsschmerz aus, andererseits aber auch die große Erleichterung, dass ihr liebes Lenchen nun keine Schmerzen mehr hatte. Sie hatte ausgelitten.

•••

Familie Epp war in Trauerstimmung. Lenchen hinterließ eine sehr große Lücke. Heinz und Greta gingen immer wieder an Lenchens Bett, nur um festzustellen, dass das alles kein böser Traum war. Ihre große Schwester war nicht mehr da. „Sie hat es jetzt viel besser. Sie ist beim lieben Gott und muss nicht mehr leiden." Das sagte Anna immer wieder zu den kleineren Kindern. Diese vermissten Lenchen besonders.

Anna selber war fast am Ende ihrer Kräfte. Sie trauerte um Lenchen, aber was im Moment noch schwerer drückte, war die Sorge um Lisbeth. Mit ihrer Jüngsten ging es schnell abwärts. Seit Lenchens Tod vor etwas mehr als einer Woche hatte sie so große Not, dass Anna sie fast nur im Arm herumtrug. Hans und Abram, ihre 10- und 8-jährigen Söhne wechselten sie ab. Wenn man Lisbeth weglegte, weinte sie nur noch mehr, lief blau an und bekam nicht Luft. Wenn man sie im Arm schaukelte, schien es ihr leichter zu sein.

Und dann, genau zwei Wochen nach Lenchens Abscheiden, schlief auch Lisbeth den ewigen Tod. Es war kurz nach Mitternacht. Im Haus war es still. Alle schliefen, außer Anna und Lisbeth. Schon seit mittags hatte Lisbeth keine Kraft mehr. Sie konnte nicht einmal ihr Köpfchen heben. Anna hatte es im Gefühl gehabt, dass wohl die letzten Stunden gekommen seien. Und so war es dann auch. Lisbeth holte noch einmal tief Luft und röchelte etwas. Dann verließ das Leben den kleinen Körper, der wider Erwarten der Ärzte doch noch ein Jahr und zwei Monate gelebt hatte.

Etwa eine Stunde lang saß Anna noch mit ihrer Tochter im Arm. Sie ließ ihren Tränen freien Lauf und nahm ganz im Stillen Abschied. Dann weckte sie Johann.

Tagebucheintrag von Anna am 14. Dezember 1926

Liebes Tagebuch, dir kann ich meine ganzen Sorgen, Ängste und Gefühle anvertrauen. Ich komme mich so leer vor. Seit Lisbeths Beerdigung sind zwei Wochen vergangen. Ich habe bisher ja schon viel Schweres erlebt. Doch innerhalb von zwei Wochen zwei Kinder abgeben, das übertrifft alles andere. Es ist, als ob ein Teil von meinem Herzen rausgerissen wurde, als ob ich innerlich blute. Diese Gefühle kann man nicht beschreiben, man muss sie einfach erlebt haben. Johann leidet auch sehr, ich sehe es. Aber irgendwie fällt es uns schwer darüber zu sprechen. Ich hoffe, dass wir den Schmerz bald verarbeiten.

So viele ungelöste Fragen steigen in mir hoch. Wird mein Kind im Himmel sein? Werden wir Lisbeth und Lenchen im Himmel als kleine Engel begegnen?

Das Leben nimmt seinen normalen Lauf. Die täglichen Pflichten müssen erledigt werden. In etwas mehr als einer Woche feiern wir Weihnachten. Aber ich bin gar nicht in Stimmung. Immer wieder stehe ich vor dem großen Warum?! Doch Gott macht keine Fehler! Das weiß ich und das ruf ich mir immer wieder ins Bewusstsein.

•••

Heinz und Greta waren schon ganz zappelig. Heute Abend war es soweit! Die Kinder aus dem Dorf hatten ein Programm eingeübt; sie würden herrliche Weihnachtslieder singen und Gedichte aufsagen. Auch Heinz hatte ein längeres Gedicht auswendig gelernt. Nach längerer Zeit würden Alexanderwohl und die anderen mennonitischen Dörfer in der Molotschna mal wieder Weihnachten feiern, und die Kinder würden wirklich erleben, wie sie im Weihnachtslied sangen „Welchen Jubel, welche Freude bringt die liebe Weihnachtszeit…".

Zuzusehen, wie die kindliche Freude sich am Heiligabend mit jeder Stunde steigerte, gab selbst der etwas depressiven Anna mehr Schwung und Freude für die Arbeiten, die noch erledigt werden mussten.

Am Abend saß das versammelte Dorf in der Kirche und lauschte den Kinderliedern und Gedichten. Als sie gemeinsam das Lied „Stille Nacht, heilige Nacht" sangen, fielen draußen die ersten Schneeflocken. In dieser Gegend der Ukraine schneite es eher selten, und wenn die Erde dann mal weiß bedeckt wurde, freute sich Klein und Groß. Anna sang heute nicht mit. Sie lauschte dem vierstimmigen Gesang, atmete innerlich tief ein und aus und nahm sich vor, dass es mit ihr wieder aufwärts gehen sollte. Sie wollte das Leben wieder positiver sehen und ihre Aufgaben erneut mit mehr Freude anpacken. Im Stillen betete sie: „Lieber Gott, ich bitte dich von ganzem Herzen, dass das neue Jahr für uns leichter wird."

Nach dem Programm erhielt jedes Kind eine Tüte mit Süßigkeiten. Heinz und Greta hüpften vor Johann und Anna nach Hause. Zu Hause brachte Anna ihre Kinder ins Bett, damit sie in Ruhe die Bescherung für den nächsten Tag vorbereiten konnte. Keine großartige Bescherung, aber jeder würde ein Geschenk erhalten.

Am ersten Weihnachtstag erlaubte Anna ihren Kindern ganz früh aufzustehen und an den Weihnachtstisch in der großen Stube zu treten, um sich die Geschenke anzuschauen. „Aber nur schauen, anfassen ist nicht erlaubt!", ermahnte sie ihre Kinder liebevoll.

Danach setzte die ganze Familie sich an den Frühstückstisch und Johann las die Weihnachtsgeschichte aus der Bibel vor. Nach dem Frühstück gingen alle gemeinsam in die große Stube. Johann und Anna setzten sich nebeneinander hin und dann sagte jedes der Kinder, vom Kleinsten bis zum Größten, sein Weihnachtsgedicht auf. Das war eine alte Tradition, die die Familie noch pflegte. Erst wenn alle ihre Gedichte rezitiert hatten, ging man zur Bescherung über. Nach dieser Zeremonie war es auch schon Zeit, sich für den Weihnachtsgottesdienst in der Kirche vorzubereiten.

Den Weihnachtsbaum hatte Johann bereits am Heiligabend in die große Stube gestellt. Eine prächtige Tanne hatte er dieses Mal ausgesucht. Nach dem Gottesdienst in der Kirche halfen die größeren Kinder beim Schmücken, die Kleineren spielten mit ihren neuen Spielzeugen, die in der Geschenkverpackung verpackt gewesen waren.

Für Johann kam der Höhepunkt dieses Weihnachts-festes am Abend. Dann zündete er die Weihnachts-lichter am Baum an und sang mit seiner Familie die schönen Weihnachtslieder, die er als Kind schon gesungen hatte. Heinz saß bei ihm auf dem Schoß und sang mit seiner klaren Stimme mit. Manchmal versuchte er sogar schon die zweite Stimme zu singen.

„Danke Gott, für meine Familie. Danke für den Frieden, den wir im Moment haben, und dass wir die Freiheit haben, in der Bibel zu lesen und Lieder zu singen." Anna betete leise vor sich hin. In ihren Augen leuchtete der Kerzenschein wieder. Sie war dankbar für den Moment, es hatte schlimme Zeiten in ihrem Land gegeben, und es würden auch noch Schlimmere folgen. Das hatte sie im Gefühl. Aber im Moment war ihre Familie zusammen und gesund. Dafür war sie von ganzem Herzen dankbar.

•••

In Alexanderwohl und in ihrer Gemeinde waren alle Menschen Brüder und Schwestern. Das sagte man wenigstens. „Vor Gott sind wir alle gleich", hörte man immer wieder von der Kanzel.

Doch im alltäglichen Leben sah es leider ganz anders aus. Es gab eine Menge Menschen, die sehr arm waren. Die wohnten meist am Ende des Dorfes. Sie hatten keine eigenen Wirtschaften, sondern arbeiteten bei anderen Mennoniten als Knechte und Mägde. Wenn im Dorf etwas beschlossen wurde, dann entschied nicht die Mehrheit, sondern die Reichen machten den Entschluss. Das führte natürlich zu Uneinigkeit und Hass gegenüber der reichen Schicht.

An einem Abend, es war Februar 1927, klopfte es bei Epps an die Haustür. Johann öffnete und herein stürmte Annas jüngere Schwester Mariechen, die auch im Dorf wohnte. Sie war ganz aufgewühlt und man sah es ihr an, dass sie geweint hatte. Anna saß mit Heinz und Greta am großen Ofen und wärmte sich. „Mariechen, was ist denn los?", begrüßte sie ihre jüngere Schwester, die gerade in dieser Woche 18 Jahre alt geworden war.

„Ich war in der Kirche, ich wollte doch so gerne im Chor mitsingen. Doch Herr Dück, der Dirigent, sagte zu mir…", sie fing erneut an zu weinen. Heinz und Greta schauten ihre Tante mit großen Augen an. Was war mit ihr los? „Er sagte zu mir, dass sie schon genug Sänger hätten." Anna schaute Mariechen mit großen Augen an. „Das darf doch wohl nicht wahr sein!", entfuhr es ihr. Das stimmte natürlich nicht, das wusste sie. Ein Chor konnte nie genug Sänger haben. Der wahre Grund war, dass Mariechen aus einer armen Familie stammte. „Das wird ja immer schlimmer hier bei uns. Jetzt lassen sie nicht einmal mehr alle mitsingen!", beschwerte sich Anna bei Johann. Sie war entrüstet.

„Regt euch nicht auf, Frauen. Ich habe eine Lösung für dieses Problem", sagte Johann. Schon seit längerem hatte er sich mit der Idee beschäftigt, selber einen Chor zu gründen. Dieser Vorfall heute Abend machte ihm klar, dass er zur Tat schreiten musste.

Also lud Johann alle interessierten Sänger zur Singstunde ein. Alle waren willkommen, Frauen und Männer, Arme und Reiche. Geübt wurde in der großen Stube bei Epps. Es versammelten sich viele, immer jeweils am Donnerstagabend. Sogar Heinz und Greta wohnten dem Üben bei. Sie saßen am Ofen auf dem Fußbänkchen und hörten zu. Zwischendurch, wenn die Sänger eine Pause einschalteten, ließ Johann seine zwei Jüngsten vorsingen: Greta sang die erste Stimme, Heinz die zweite. So manch einer staunte, wie kleine Kinder doch schon so wunderschön singen konnten.

Johann lebte richtig auf in seiner neuen Aufgabe. Das Singen ist für ihn wirklich sein Leben, stellte Anna wieder einmal fest.

•••

Anna arbeitete in der Sommerküche. Zwischendurch warf sie einen Blick durch das Fenster auf den Hof. Heinz und Greta spielten mit ihrem älteren Bruder Hans ein Fang-Spiel. Heinz war gerade sieben geworden. Er war ein schnelles Kind und entwischte seinem Bruder meist. Doch auf einmal beobachtete sie, dass Heinz sich hinsetzte und sein Knie rieb. Eine Weile saß er so da, bevor er sich wieder erhob und beim Spiel weiter mitmachte.

Anna fiel das auf. Sie beendete ihre Arbeit und ging dann auf den Hof zu den Kindern. „Hallo Mama", rief Greta und winkte ihr zu. Sie winkte zurück und setzte sich auf die Gartenbank. Langsam wurde sie etwas schwerfällig, sie war nämlich wieder schwanger.

Eine Weile saß sie so da und genoss den Anblick der spielenden Kinder. Die Röstern- und Akazienbäume begannen bereits lange Schatten zu werfen. Der Sommer war bald zu Ende. Die Tage wurden immer kürzer. Die Kinder gingen nun zur Schaukel. Johann hatte ein Brett mit zwei Seilen an einem großen Akazienbaum angebunden. Die Kinder liebten diese Schaukel.

„Heinz, komm doch einmal her", rief sie ihren Jüngsten. Heinz kam pfeifend auf sie zu. Ihm musste es schon sehr schlecht gehen, wenn er nicht pfiff oder sang. „Ich habe erst gesehen, dass du dein Knie gerieben hast. Hast du Schmerzen?", fragte sie ihn. Ein Weilchen war er still, dann antwortete er: „Es tut nicht unbedingt weh, aber es fühlt sich so komisch an." Er rieb es wieder. „Als ob da Ameisen drinnen sind." Heinz schaute seine Mutter nicht an, sonst hätte er ihren besorgten Blick gesehen. „Gleich morgen geh ich mit ihm zum Arzt", sagte Anna zu Johann, nachdem sie ihm davon erzählt hatte. Und das tat sie auch.

Doch Dr. Plett, ein befreundeter Arzt, nahm Anna nicht so richtig ernst. Er beschaute und betastete das Knie und meinte dann: „Es ist alles in Ordnung. Jungs in diesem Alter spüren manchmal ein Kribbeln und Jucken. Ihre Knochen wachsen so schnell. Mach dir keine Sorgen, Anna. Alles ist normal."

Doch Anna machte sich Sorgen, und wenn sie ehrlich war, war sie auch etwas gekränkt. Sie wusste, dass etwas nicht stimmte. Eine Mutter fühlte das. Sie nahm Heinz an die Hand und ging nach Hause.

In den nächsten Wochen beobachtete sie, dass Heinz sich immer öfters sein Knie rieb. Er spielte auch nicht mehr so viel mit seinen Geschwistern, sondern saß einfach nur da und beobachtete sie.

Einen Monat später nahm Anna ihren ganzen Mut zusammen, ging noch einmal zum Arzt in die Praxis und zeigte ihm Heinz Knie. Es war bereits angeschwollen. Der Arzt schaute sich das Knie an und fragte Anna: „Warum bist du denn mit Heinz nicht schon früher gekommen?" Da platzte Anna der Kragen. „Ich war hier und du sagtest, dass mit ihm alles in Ordnung sei." Da schien er sich auch wieder zu erinnern und entschuldigte sich.

Mit einer Spritze zog Dr. Plett eine ganze Menge Eiter aus dem Knie. Anna saß da, schaute zu und war schockiert. „Das gerade habe ich befürchtet", sagte sie leise.

Dr. Plett schickte sie dann weiter in ein größeres Krankenhaus. Da wurde sein Verdacht bestätigt: Heinz hatte Knochentuberkulose. „Es gibt leider keine Heilung für diese Krankheit, höchstens Linderung", klärte der fremde Arzt sie auf. Anna nickte. Alles klang so bekannt. Es war ihr, als finge nun die zweite Strophe eines ihr bekannten Trauerliedes an. Sie hörte gar nicht mehr zu, was der Arzt ihr alles sagte. Doch irgendwann drangen die Worte des Arztes wieder an ihr Ohr: „Und Sie sollten vorsichtig sein, dass seine Geschwister sich nicht anstecken mit dieser Krankheit." Mit einem Mal fiel es Anna wie Schuppen von den Augen. Anstecken?! Natürlich, Heinz hatte sich von Lenchen angesteckt. War es nicht immer er gewesen, der am meisten bei Lenchen saß und ihr Wasser brachte? Konnte es sein, dass Heinz irgendwann aus Lenchens Tasse Wasser getrunken hatte, bevor er sie abgab? Ein Siebenjähriger denkt sich dabei ja gar nichts. Anna machte sich große Vorwürfe, nicht besser Acht gegeben zu haben.

Am nächsten Tag machte Johann Krücken für seinen Jüngsten. Heinz würde in einigen Tagen in die erste Klasse kommen. So sehr hatte er sich auf diesen Tag gefreut! Nun war die Freude gedämpft. Er musste lernen, mit den Krücken zu gehen und musste akzeptieren, dass er nicht normal mit den anderen Kindern auf dem Schulhof spielen würde. Für Anna war die größte Sorge, ein weiteres Kind zu verlieren. Sie strich über ihren immer runder werdenden Bauch und fragte sich im Stillen: „Werde ich ein Kind bekommen und eines verlieren?"

IV.

Doch die Sorge um Heinz geriet etwas in den Hintergrund, als die politische Situation immer prekärer wurde. Seit 1927 war Josef Stalin in der Sowjetunion der uneingeschränkte Alleinherrscher. Er war der Kopf der kommunistischen Partei. Eines seiner ersten Entscheidungen war, die Auswanderungsgesetze zu verschärfen. Wenn in den Jahren 1922 bis 1926 etwa 21.000 russlanddeutsche Mennoniten ihre Heimat verlassen hatten, dann wurde dies jetzt beinahe unmöglich.

Eines der großen Projekte in Stalins Regierungsprogramm war die Kollektivierung der Landwirtschaft, und das unter Zwang, denn natürlich waren die wohlhabenden Bauern, darunter auch sehr viele Mennoniten, nicht einverstanden damit, dass ihr Besitz konfisziert wurde. Doch Stalin war unnachgiebig und rücksichtslos. In seinem ersten Fünfjahresplan wurden tausende Menschen zwangsausgesiedelt, ihre Bauernhöfe und ihr gesamtes Gut beschlagnahmt und versteigert. Diejenigen, die vermögend waren, wurden als „Kulaken" diffamiert. 1929 begann Stalin mit seinem „Entkulakisierungs-Programm". Sämtliche „Kulaken" wurden verhaftet, enteignet, verschleppt oder zu Tode verurteilt.

Für Russland begann eine Zeit, die in die Geschichte einging als eine grausame und erbarmungslose. Viele Millionen Menschen starben in den nächsten Jahrzehnten.

•••

Inmitten dieser politischen Unsicherheit gab es für Familie Epp noch wieder einen kleinen Lichtblick am Horizont. Johann war ins Nachbardorf geritten und kam mit einer interessanten Nachricht zurück: „Franz Toews erzählte mir, dass im Dorf Eliesabethal eine Frau lebt, die mit verschiedenen Kräutern schon viele Menschen geheilt hat, auch Tuberkuloseerkrankte." Er war ganz begeistert. Vielleicht gab es ja doch Hilfe für den kleinen Heinz. „Gleich morgen spanne ich an und wir fahren hin."

Diese Frau bereitete ihnen einen Trunk aus Kräutern zum Einnehmen und eine Salbe zum Einreiben vor. Und wirklich, Unglaubliches geschah! Nach einigen Wochen sah man deutlich, wie die Wunden heilten. Johann fuhr ein zweites Mal zu dieser Frau, die etwa 60 Kilometer von ihr entfernt wohnte, und erhielt noch mehr Kräutermittel. Ende des Jahres hatte Heinz keine Schmerzen mehr und ging ohne Krücken zur Schule. Welche Freude war das! Täglich dankte die gesamte Familie Epp für dieses große Wunder, das Gott an ihnen getan hatte.

...

Anna saß draußen auf der Gartenbank unter den hohen Akazienbäumen und bemühte sich, ihrer jüngsten Schwester Mut zuzusprechen. Liese war mittlerweile über 30 Jahre alt und lebte immer noch im Hause ihrer Stiefmutter. Der Vater war schon vor einigen Jahren gestorben. Sie arbeitete wie eine Magd. Und gerade heute hatte sie wieder einmal eine herabwürdigende Situation erlebt. Ihr war ein Missgeschick passiert und hatte eine Flut von Schimpfwörtern über sich ergehen lassen müssen. „Du blinde Henne, du machst aber auch gar nichts richtig", hatte die Stiefmutter zum Schluss geschrien und hatte Liese aus dem Zimmer gejagt.

Liese war daraufhin direkt zu Anna gelaufen. Anna konnte sie immer wieder aufmuntern. Sie konnte sie so gut verstehen. Das tat Lieses Seele gut.

Johann kam vom Feld nach Hause und sah seine Schwägerin mit Anna so dasitzen. Nachdem er ihre Geschichte gehört hatte, sagte er: „Es reicht. Es ist nicht nötig, dass du dir dies alles gefallen lassen musst. Hol deine Sachen. Für dich ist bei uns auch noch Platz."

Mit großer Freude zog Liese bei ihnen ein. Sie wurde Anna zu einer großen Hilfe. Sie nähte, kochte und kümmerte sich um die Kinder. Besonders auch, als der kleine Jakob im Februar 1928 geboren wurde, war Anna froh, dass Liese da war. Sie hatte eine schwere Geburt und erholte sich nur schwer. Ihre Asthmaprobleme wurden immer größer.

Und dann passierte noch etwas, was sie wieder ganz aus ihrem alltäglichen Leben herausriss.

Der Frühling stand vor der Tür, und doch war in der Nacht noch wieder Frost gefallen. Der Winter war unerbittlich in diesem Jahr. Anna saß noch am Frühstückstisch mit Liese und ihren Jüngsten. Die älteren Kinder waren heute schon etwas früher in die Schule gegangen, weil sie schon für den 1. Mai üben wollten. Der 1. Mai war in der Sowjetunion ein nationaler Feiertag, an dem die Kinder der Schule stets Lieder und Gedichte präsentierten.

„So Heinz, du musst nun auch los", sagte Anna zu ihrem siebenjährigen Sohn. Sie half ihm in seinen Mantel und drückte ihm noch einen Kuss auf die Wange. „Ich wünsch dir heute viel Spaß in der Schule." Sie setzte sich wieder an den Tisch. Sie war immer noch sehr leicht müde.

Heinz schnappte sich seine Schultasche und ging zur Hintertür raus. Wenn er da rausging, war sein Schulweg etwas kürzer. Nach einer Minute etwa hörten Anna und die anderen ein Geräusch und dann einen lauten Schrei. Sie sprangen sofort auf. Was war passiert?

Bei der Hintertür war keine Treppe, sondern ein großer, glatter, gerader Stein. Es hatte am Tag davor geregnet und nachts gefroren. Nun war dieser Stein mit einer Eisschicht belegt. Weil er so glatt war, war Heinz ausgerutscht und mit seinem Knie auf die Kante des Steines aufgeschlagen. Er jammerte laut vor Schmerzen.

Johann spannte gleich seine Pferde an und fuhr mit Heinz zu dieser Frau, die ihm vor einigen Monaten mit den Kräutermitteln geholfen hatte. Während der ganzen Fahrt weinte Heinz.

Auch dieses Mal bekamen sie wieder ihre Kräutersalbe und den Kräutertee. Heinz musste einnehmen und einreiben. Doch der Erfolg blieb aus. Das Knie wurde rot und schwoll immer mehr an. Nach einiger Zeit fuhr Johann noch einmal, um Nachschub zu holen. „Irgendwann muss es doch wirken", sagte er zu Anna beim Abschied.

Verzweifelt klopfte er an die Tür dieser Kräuterheilerin. Doch niemand öffnete. Von der Nachbarin erfuhr er schließlich, dass die Frau vor einigen Tagen gestorben sei und im Augenblick beerdigt wurde. Die Nachbarin muss wohl gesehen haben, wie verzweifelt Johann diese Nachricht aufnahm. „Aber ihre Tochter kennt sich in der Kräuterwelt ebenfalls aus", sagte sie zu ihm. Da atmete Johann erleichtert auf. Vielleicht gab es doch noch Hilfe für Heinz. „Kommen Sie in einigen Tagen wieder. Dann wird die Tochter hier sein."

Das tat Johann. Doch die Tochter verhielt sich sehr zurückhaltend, ja sogar etwas unfreundlich. Nach langem Bitten bereitete sie Johann die Kräuter vor. „Kommen Sie bitte nie wieder. Ich werde Ihnen nicht mehr helfen", sagte sie zu Johann beim Weggehen. Sie nahm ihn kurz zur Seite, schaute nach links und rechts und flüsterte ihm zu: „Man hat mir gesagt, dass ich nicht mehr im Geschäft weiter machen soll, sonst würde man mich in den Kerker stecken. Kommen Sie deshalb bitte nicht wieder." Und nach kurzer Pause: „Alles Gute für

Ihren Sohn!" Damit verschwand sie in ihrem Häuschen.

Johann stand noch eine Weile da und verdaute die Nachricht. Warum sollte ein Staat Menschen verurteilen, die anderen Menschen halfen? Warum wollte der Staat nicht, dass sein Volk gesund wurde? Was hatte Russland für eine Regierung? Er schüttelte den Kopf und stieg auf seinen Wagen. Im Stillen hoffte und betete er, dass diese Salbe und der Tee ausreichend wären, um Heinz Knie zu heilen.

...

Es war Sonntagnachmittag, Alexanderwohl zeigte sich trotz politischer Unruhen von seiner besten Seite. Die Obstgärten waren voller reifer Früchte. Johann liebte den Gartenbau. Er liebte es zu pflanzen, zu pfropfen und zu okulieren: An einigen Obstbäumen hatte er drei Arten Äpfel. Ein Besuch in seinem Obstgarten ließ ihn innerlich stets zur Ruhe kommen. So manch eine Sorge vergaß er für den Moment, in dem er im Garten war. Und immer wieder dachte er: Wie reich ist doch unsere Ukraine!

An diesem Nachmittag ging Johann mit Anna durch den Garten und genoss den Anblick ihrer künftigen Obsternte. Da hörten sie, wie ein Pferdegespann auf den Hof fuhr. Also begaben sie sich zurück zum Hof. Es war Peter Reimer, ein junger Mann, der vor kurzem seine zweite Frau zu Grabe getragen hatte.

„Was will wohl der Reimer bei uns?", sagte Johann leise zu seiner Frau. Bei dieser ging gleich ein Licht auf. Mit einem vielsagenden Lächeln sagte sie: „Vielleicht kommt er zu Liese." Und so war es dann auch. Peter Reimer hielt um die Hand von Annas jüngster Schwester an.

Liese war überglücklich. Sie war schon über 30 und noch unverheiratet. Dass ein Mann nun um ihre Hand anhielt, trotz der Tatsache, dass sie sehr schlecht sehen konnte, tat ihr richtig gut. Sie sagte gleich ja. Ja sagte sie auch zu den vier Kindern, die Peter Reimer hatte. „Ich will zu ihnen genauso gut sein, wie du zu David und Lenchen warst, damals", sagte sie zu ihrer großen Schwester.

Anna freute sich, ihre Schwester so glücklich zu sehen. Im Herbst 1929 wurde geheiratet. Und Liese zog in das große, schöne Haus von Peter Reimer ein. Nicht ahnend, dass ihr Glück nur von kurzer Dauer sein würde.

•••

Heinz Knie wurde immer steifer und geschwollener; die Geschwüre immer mehr. Die Kräuter hatte nicht die Wirkung gehabt wie beim letzten Mal. Gehen konnte er nur mit Hilfe seiner Krücken. Er litt unter großen Schmerzen, aber er war ein sehr tapferer Junge. Wenn sein Leiden nicht allzu groß war, sang er oder pfiff eine Melodie. Die Ärzte rieten ihnen, dass Heinz so viel wie möglich im Bett bleiben solle. Wenn die Kniebeuge stillläge, so sagten sie, könne man die Entwicklung der Krankheit wohl etwas verlangsamen. Gerne saß er in seinem Bett und schrieb kurze Gedichte. Schon mit seinen acht Jahren konnte er erstaunlich gut dichten. Anna war immer wieder erstaunt über seine Fähigkeiten und besonders auch über seinen reifen Charakter. Heinz war ein sehr lieber, geduldiger Junge. Selbst wenn er von einem Arzt zum anderen geschleppt wurde, und alle das Gleiche sagten, nämlich, dass es für ihn keine Hilfe gab, wirkte er mutig. Er ähnelt so sehr seinem Vater, dachte Anna immer wieder. Nicht aufgeben, war sein Motto.

Einige Monate nach Lieses Hochzeit, Anna war gerade damit beschäftigt Heinz Knie mit einer Salbe einzureiben, trat Johann ins Zimmer. Sein Gesichtsausdruck sagte aus, dass etwas Schlimmes passiert war. Sie drückte Heinz ein Buch in die Hand und nahm ihren Ehemann beiseite. „Was ist passiert?", fragte sie ihn.

Nach kurzem Schweigen sagte er: „Sie haben Peter und Liese mit den vier Kindern nachts geholt." Wenn man in diesen Zeiten das Wort „geholt" brauchte, dann meinte man damit, dass diese Personen dem Entkulakisierungsprogramm zum Opfer gefallen waren. Sie wurden als Kulaken erklärt und, meist des Nachts, vom Schwarzen Raben geholt und nach Sibirien oder sonst wohin verbannt. Man sprach vom „Schwarzen Raben", weil die Beamten des russischen Geheimdienstes in einem schwarzen Wagen durch die Gegend fuhren und Familien auseinanderrissen. Oft wurde nur der Vater mitgenommen, in diesem Fall war es die ganze Familie gewesen.

Anna schluchzte hemmungslos. „Gerade war Liese so glücklich geworden", sagte sie zu Johann. „Wo sie wohl hingebracht wurden? Und was wohl aus dem Baby wird?" Liese hatte ihr grade einige Tage vorher erzählt, dass sie schwanger war.

Auf diese Frage erhielten sie erst Jahre später eine Antwort. Liese war mit ihrer neuen Familie nach Sibirien gebracht worden. Hier hatten sie in einer Zuckerfabrik gearbeitet. Die älteste Tochter von Peter, die 16-jährige Henriette, hatte auf dem Weg von der Arbeit nach Hause zwei Rüben auf dem Weg gefunden. Aus solchen Rüben wurde Zucker produziert. Weil sie großen Hunger gehabt hatte, hatte sie sie mitgenommen nach Hause. Das war natürlich von jemanden beobachtet worden. Dafür kam Henriette ins Gefängnis, für jede Rübe erhielt sie zehn Jahre Gefängnisstrafe.

Liese war dabei gewesen, als sie die Rüben aufgehoben hatte. Deshalb kam auch Liese mit ihrem zwei Monate alten Baby ins Gefängnis. Liese weinte so viel, dass sie völlig blind wurde. Ihr Baby starb in der Haft an Unterernährung. Liese kam zwar nach einiger Zeit wieder frei, aber starb bald darauf. Auch Peter starb zwei Monate später. Die Mädchen kamen als Waisen in ein Kinderheim. So endete das Leben von Annas jüngster Schwester.

V.

Es war nachts. Dunkelheit umgab sie. Es war Anfang Februar 1931 und die Temperaturen sanken immer noch bis unter den Gefrierpunkt. Alexanderwohl lag unter einer dicken Schneeschicht, in einer scheinbaren Ruhe. Doch der Schein täuschte. Im Hause Epp herrschte schon seit Beginn des Abends reges Treiben. Mit Ausnahme der Kleinsten im Haus, Liese, waren alle auf den Beinen. Anna dachte die ganze Zeit: „Wird es gut gehen? Was will ich noch mitnehmen? Was brauche ich unbedingt?" Die Kinder zogen sich alle doppelt und dreifach Kleider an, um so viel wie möglich mitzunehmen.

Mitnehmen – wohin? Johann und Anna wussten es selber nicht genau. Sie wussten nur, dass sie weg wollten. Nein, dass sie weg mussten! „Wenn wir nicht gehen, sind wir die nächsten, die in den hohen Norden geschickt werden", erklärte Johann seiner Familie. Die Ältesten verstanden nur zu gut. Sie hatten ja auch mitbekommen, was in den letzten Jahren im Dorf passiert war.

Sämtliche Kirchen waren von der Regierung geschlossen worden. Die Prediger waren enteignet und verhaftet worden. Johann selber wurde als stimmlos erklärt. Er war zwar bitterarm, aber er besaß einen großen Gutshof, eine kleine Viehherde und noch gute Möbel aus besseren Zeiten. Das Vieh wurde weggenommen, die Möbel rausgetragen und im Ausruf auf Hammer verkauft. Zurück blieb eine ängstliche Familie Epp. Eine Kuh und zwei Pferde hatte man ihnen gelassen. Vor den Fenstern hingen keine Vorhänge mehr, in den Ställen war kein Getreide.

In absehbarer Zukunft würde man, wenn nicht die ganze Familie, so doch Johann holen. „So lange wir können, wollen wir zusammen bleiben", sagte Anna zu Johann und stimmte in den Vorschlag mit ein, über Nacht zu verschwinden. Niemand im Dorf wusste davon, außer Annas Geschwister. Ihre Stiefmutter war kurz vorher gestorben. „Es darf niemand wissen, dass wir fliehen", sagte Johann immer und immer wieder zu seinen Kindern.

David, der Älteste, hatte sich entschieden, nicht mit der Familie mitzureisen, sondern in die Stadt Slawjansk zu fahren. Hier hatte er Arbeit in einer Fabrik in Aussicht. Und immerhin war er ja 24 Jahre alt und wollte langsam auf eigenen Füßen stehen. Es gab einen tränenreichen Abschied. Johann und Anna nahmen ihn immer wieder in ihre Arme und drückten ihn. Sie hofften es nicht, aber in dieser Zeit mussten sie davon ausgehen, dass sie sich nicht wiedersehen würden.

Auf zwei Schlitten wurde die gesamte Familie verpackt: Johann und Anna, der 17-jährige Gerhard, die 16-jährige Anna, der 14-jährige Hans, der 12-jährige Abram, der 10-jährige Heinz, die 8-jährige Greta, der 3-jährige Jascha und die acht Monate alte Liese. Und auch der gelähmte Großvater Epp gehörte zu diesen Flüchtenden.

Als die vollbepackten Schlitten vom Hof fuhren, blickte Anna noch einmal zurück zu ihrem Haus. Im Schatten der Bäume blieb es zurück, leer und beinahe unheimlich. So viele Erinnerungen verband sie mit diesem Hof, schöne und auch weniger schöne. Es war ihre Heimat. Würde sie je wieder etwas ihr eigen, ihr Heim nennen können? Wer würde in ihr Haus ziehen? So viele unbeantwortete Fragen. Anna hatte nicht mehr die Kraft, ihre Tränen zurückzuhalten. Die Anspannung und die Vorbereitungen der letzten Tage hatten ihr die Kraft geraubt. Sie war traurig und unglaublich müde: Weil sie alles stehen und liegen ließ, weil die Zukunft so ungewiss vor ihnen lag, weil sie nicht wusste, wie und wie lange ihr Leben weitergehen würde.

•••

Mit ihren Schlitten fuhren sie zum nächsten Bahnhof. Da stiegen sie in den Zug und fuhren ins Ungewisse. Nach einigen Tagen machte die Familie Epp in einem russischen Dorf eine Ruhepause. Liese war ja erst acht Monate alt, Windeln mussten gewaschen werden. Die anderen Kinder mussten auch mal kurz ausruhen.

Sie stiegen aus dem Zug und Johann suchte im Ort nach einem Haus, das sie für kurze Zeit aufnehmen könnte. Das war keine leichte Aufgabe. Immerhin waren sie 11 Personen. Nach langem Suchen fand er eine Witwe, die sich bereit erklärte, ihnen für einen Tag und eine Nacht Quartier zu geben.

Diese Frau staunte nicht schlecht, als die ganze Reisegruppe ankam: Gerhard, Hans und Anna trugen den gelähmten Großvater, Heinz humpelte auf seinen Krücken, Greta führte den dreijährigen Jascha an der Hand, Tochter Anna trug ihre Schwester Liese im Arm und Abram half Johann mit den wenig Habseligkeiten, die sie dabeihatten.

Anna konnte die Windeln waschen und trocknen lassen und der Rest der Familie konnte von der Reise etwas ausruhen. Wie froh und dankbar waren sie für das offene Heim dieser ihnen total fremden Frau. Gott möge sie dafür reichlich segnen, betete Anna.

Am nächsten Tag ging es am frühen Morgen wieder weiter. Als sie schon dabei waren, in den Zug zu steigen, zählte Anna noch mal ihre ganze Familie durch. Plötzlich schien es ihr, als ob ihr Herz stehen blieb. „Jascha ist nicht da", rief sie mit hysterischer Stimme. „Jascha, Jascha, wo bist du?" Doch von Jascha war jegliche Spur verschwunden. „Wir müssen ihn suchen", ordnete Johann seine beiden Ältesten an. Gerhard und Hans liefen sofort los. „Ihr bleibt hier", sagte Johann zu den anderen, „sonst verlieren wir noch jemanden."

Annas Herz riss fast entzwei. Warum nur hatte sie nicht besser Acht gegeben auf ihren Dreijährigen? Es schien ihr wie eine Ewigkeit, bis Johann mit Jascha an der Hand zurückkam. Er war auf dem letzten Bahnsteig gewesen, der in diesem Bahnhof war, ganz nah am vorbeifahrenden Zug. Anna lief auf ihn zu und umarmte Jascha. „Danke Gott, danke!", sagte sie nur. Und dann forderte der Schaffner auch schon zum letzten Mal auf, in den Zug zu steigen. Gott hatte sie wieder einmal mit seiner rettenden Hand begleitet.

Tagebucheintrag von Anna am 4. März 1931

Es war eine sehr schwere Reise. Mit dem Zug fuhren wir bis zu einem russischen Dorf, Gradowka. Hierhin waren schon mehr mennonitische Familien geflüchtet. Wir fanden bald Unterschlupf in einer kleinen Wohnung. Da sind wir nun schon seit einigen Monaten und haben bereits sehr Schweres erlebt.

Unsere allergrößte Not war von Anfang an die Nahrung. Wir hatten nicht satt zu essen, haben furchtbar gehungert. Und unterwegs starb auch noch unser Großvater. Er war sehr krank und schlief mit seinen 79 Jahren sanft ein. Auf der Reise sagte er ständig: ‚Wo fahren wir hin? Ich will nach Hause. Bringt mich nach Hause.' Ihm ist viel weiteres Leid erspart geblieben. Wir haben ihn in einem fremden Ort begraben. Am nächsten Tag mussten wir gleich weiter.

Schon bald nach unserer Ankunft wurde Heinz sehr krank. Er holte sich eine Wunde nach der anderen zu. Die Wohnung ist feucht und stickig, die Wunden wollen nicht heilen. Liese, unser Baby, hatte in kurzer Zeit zweimal Lungen-entzündung. Ständig ist jemand krank, und ich habe keinen Arzt, der sie versorgt. Alles in allem ist es ja schon schlimm, aber zu sehen, wie die Kinder leiden und nicht satt zu essen haben, das setzt allem Schweren noch die Krone auf.

Gerhard und Hans haben Arbeit in einem Steinbruch gefunden. Sie schleppen schwere Steine raus. Es ist viel zu schwere Arbeit für Jungen in ihrem Alter, doch was sollen wir tun. Sie müssen arbeiten, wir brauchen das Geld. Wenn ich sehe, wie müde und hohlwangig sie von ihrer Arbeit nach Hause kommen, dann wird mir mein Herz so schwer. Zur Schule müssten sie noch alle gehen und einen Beruf erlernen. Doch das ist ihnen leider nicht vergönnt.

Und David? Von ihm haben wir noch nichts gehört. Es ist alles sehr traurig und schwer. Doch wir wissen, dass Gott uns nicht verlassen hat und dass er keine Fehler macht. Darauf stütze ich mich!

•••

Einen Tag nachdem Johann in einer Öl Fabrik Arbeit fand, kamen die Jungen nach Hause und berichteten, dass der Steinbruch geschlossen werde. Also, keine Arbeit mehr, keine Brotkärtchen. Nun war die ganze Familie von Johanns Verdienst abhängig. Das war unmöglich.

So zogen sie im Sommer 1932 weiter in ein anderes russisches Dorf, Njiljepowka. „Das Gute ist", sagte Johann auf der Fahrt zu seiner Familie, „dass in der Nähe des Dorfes die Siedlung New York ist. Und in dieser Siedlung gab es eine deutsche Mittelschule." Sein Gesicht strahlte. Endlich würden seine Kinder auch wieder zur Schule gehen können.

Tochter Anna und Abram wurden in dieser Mittelschule aufgenommen. Heinz wollte auch so gerne wieder in die Schule. Doch der Weg war zu weit. Er hätte den Weg nicht täglich zurücklegen können mit seinen Krücken. Hans und Gerhard durften auch nicht in die Schule. Sie mussten arbeiten, damit die Familie am Leben blieb. Johann hatte noch ein abgemagertes Pferd. Mit diesem boten die Jungen auf dem Bahnhof ihre Dienste an.

Doch trotz der Tatsache, dass einige der Kinder lernen durften, war es sehr schwer. Die Familie hungerte. Es gab

Tage, da war Anna nicht im Stande, ihrer Familie ein Essen zu servieren. Gerhard und Hans waren irgendwann so hungrig, dass sie ohne Johanns Einverständnis das Pferd schlachteten. Johann war darüber nicht erfreut, es war immerhin die einzige Möglichkeit für sie gewesen, etwas Geld zu verdienen. Aber bevor seine Familie verhungerte, war dies die letzte Möglichkeit. Bis zum Hungertod fehlte nicht mehr viel.

Russland erlebte wieder eine Hungersnot, eine noch größere als in den Jahren 1921/22. Das Furchtbarste war, dass diese Hungersnot von Stalins Regierung aus Moskau regelrecht provoziert wurde. Die Bauern sollten endlich aufhören, sich gegen die Zwangskollektivierung und die Enteignungen zu wehren. Die Hungersnot war keine Folge von Missernten oder Wetterkatastrophen. Nein, die Landwirtschaft wurde bewusst zerstört, damit die Kollektivierung erzwungen werden konnte. Hilfsmaßnahmen für hungernde Menschen wurden keine ergriffen, viel schlimmer noch, sie wurden verhindert und verboten. Statt die bäuerliche Bevölkerung mit Nahrung zu versorgen, wurde das Getreide ins Ausland exportiert.

In dieser Zeit starben zwischen sechs bis sieben Millionen Menschen. Etwa drei Millionen davon waren Kinder. Die Jahre 1932/33 in Russland gingen in die Geschichte als die grausamste humanitäre Katastrophe im 20. Jahrhundert ein.

Doch das wussten Anna und Johann in diesen Momenten nicht, auch nicht die vielen anderen Millionen Menschen, die hungerten. Sie wussten nur, dass es dringend eine

Änderung geben musste, wenn sie nicht alle den Hungertod sterben wollten.

•••

„Papa, Papa!" Abrams Stimme überschlug sich. Schon von weitem hörte Anna ihn rufen. Es war gegen Abend und Abram kam aus der Schule. Johann war ebenfalls grade zurückgekehrt. „Papa, Papa", rief Abram wieder, als er ins Haus trat. Johann kam nicht dazu, etwas zu sagen. „Papa, du wirst es nicht glauben. Heute in der Schule wurde von der Schulleitung bekannt gegeben, dass sie einen Lehrer suchen, der mit den Schülern Holzarbeit macht. Da ist eine große Werkstatt. Papa, das wär genau das Richtige für dich! Dann bräuchtest du nicht mehr in dieser stinkenden Fabrik arbeiten. Direktor Janzen hat sogar gesagt, dass dem Lehrer eine Wohnung auf dem Schulhof angeboten wird." Abram war ganz außer Atem. Den ganzen Heimweg war er gelaufen, um seinem Vater diese Botschaft zu bringen.

Trotz der Begeisterung ihrer Kinder hatten Johann und Anna Bedenken. Schon wieder umziehen? Wer wusste denn, ob es nicht noch schlimmer kam? Andererseits war die Verlockung groß, diese Arbeit zu bekommen. Vielleicht könnten seine Kinder dann alle zur Schule gehen? „Wenigstens Heinz hätte eine Chance", sagte Anna abends zu ihm.

„Versuchen kann ich es ja", sagte Johann und machte sich am nächsten Morgen auf den Weg in die Schule. Nach einem kurzen Gespräch mit Direktor Janzen war er Angestellter der Schule und hatte auf dem Schulhof eine Wohnung für seine Familie! Aber da hörten die guten

Neuigkeiten noch gar nicht auf. Abram, Hans, ihre Schwestern Anna und Greta und sogar Heinz durften in die Schule gehen. Gerhard bekam die Stelle des Heizers in der Schule. Die Freude war groß.

Anna dankte Gott am Abend. „In all der Not und des Hungers hast du uns wieder einmal gezeigt, dass du uns nicht vergessen hast. Danke Herr!"

•••

In der Schule stand ein Klavier. Da Heinz in den Pausen nicht auf dem Schulhof mit den anderen spielen konnte, saß er oft am Klavier und lernte sich das Spielen selber. Vom Vater hatte er schon gelernt, wie man Gitarre, Mandoline und auch Geige spielte. Durch seine musikalischen Begabungen fiel er schnell auf. Heinz genoss das Leben in der Schule. Arbeiten konnte er nicht, aber lernen und musizieren, das wurde zu seinem Leben. Schmerzen hatte er immer noch große, aber durch die

Musik und die Schule schien ihm das Leben so viel lebenswerter geworden zu sein.

Doch die Hungersnot war noch nicht zu Ende. Lebensmittel waren seltene Ware. Zwischendurch kochte Anna von einer Rübe eine Suppe. Aber für zehn Personen reichte sie nicht weit. Anna sah, wie ihre Kinder immer mehr anschwollen. Sie selber war schon seit ihrer Flucht aus Alexanderwohl meistens krank. Ihr Asthma machte ihr immer größere Probleme. „Zum Glück ist unsere Anna bei mir", sagte sie oft zu Johann. Anna half ihr im Haushalt und kümmerte sich um ihre jüngeren Geschwister, wenn sie selber mal nicht konnte.

Als es Frühling wurde, gingen Heinz und Greta in den Wald und pflückten Brennnesseln. Hans und Abram gingen nach dem Unterricht mit einem Eimer und einem Stock in der Hand auf die Steppe, um Steppenmäuse zu fangen. Nicht jeden Tag, aber doch des Öfteren kamen sie mit etlichen Mäusen nach Hause. Sie lederten sie ab und Anna briet sie mit etwas Anis gewürzt. Das gab ein Festessen für die Familie!

Der Frühling brachte einen kleinen Hoffnungs-schimmer. Die Familie Epp bekam etwas Land auf der Steppe zugeordnet, wo sie Bohnen und Kartoffeln pflanzen konnten. Allmählich ging es etwas besser. Von Kanada schickte Johanns Bruder Abram etwas Geld, sodass sie sich davon Hirsegrütze kaufen konnten.

Gerhard erhielt die Möglichkeit neben seiner Tätigkeit als Heizer einen Lehrerkursus an der Schule zu belegen. Wie froh war besonders Johann, dass sein Sohn doch noch die Gelegenheit bekam, etwas zu studieren.

Große Sorgen machte Anna sich um ihre Jüngste, Liese. Sie war so oft krank gewesen und hatte sich jedes Mal nur schwer erholt. Davon schien sie einen Schaden behalten zu haben. Erst nachdem sie ihren dritten Geburtstag gefeiert hatte, ging sie die ersten Schritte. Sie sprach und sang gerne und konnte sogar schon kurze Gedichte auswendig aufsagen. Viel Zeit verbrachte sie mit ihrem Bruder Heinz. Dieser bekam immer wieder neue Wunden und musste viel liegen. Da leisteten sie sich Gesellschaft und sangen zusammen.

Abends saß die ganze Familie zusammen, musizierte und sang. Trotz Hunger und Armut, trotz Krankheit und Not genossen sie diese gemeinsamen Stunden. Niemand wusste, wie lange sie noch zusammen sein würden.

Die Jahre 1934/35 wurden etwas leichter. Die Familie Epp lebte arm und bescheiden, brauchte aber schon nicht Hunger zu leiden. Alle atmeten auf. Sie fühlten sich wohl in der Schulgemeinschaft und waren froh, nicht nur eine Arbeits- und Wohnstelle zu haben, sondern gleichzeitig auch eine gute Ausbildungsstätte für ihre Kinder.

•••

Doch dann geschah etwas, womit die Epps nicht gerechnet hatten. Es kam so plötzlich wie ein Blitz aus heiterem Himmel. Johann wurde ins Büro von Direktor Janzen, seinem Vorgesetzten, gerufen. Es war der 29. August 1935, drei Tage vor Beginn des neuen Schuljahres.

Direktor Janzen schaute verlegen zu Boden, als Johann den Raum betrat. Er räusperte sich lange und sagte dann, ohne Johann in die Augen zu schauen: „Johann, Sie sind mir in den letzten Jahren viel wert gewesen. Ich habe Sie sehr geschätzt. Doch nun habe ich den Befehl bekommen, Sie zu entlassen. Sie dürfen nicht länger hier an der Schule arbeiten." Nach kurzem Schweigen fuhr er fort: „Auch wohnen dürfen Sie hier nicht länger." Wieder Schweigen. Johann stand nur da und starrte Direktor Janzen an.

„Es tut mir leid, Johann. Das müssen Sie mir glauben. Aber Befehl ist Befehl. Wenn ich ihn nicht ausführe, muss ich selber dran glauben." Irgendwann fand Johann seine Worte wieder: „Warum? Was habe ich verbrochen?" „Sie haben Ihre Arbeit stets gewissenhaft verrichtet. Doch man hat gemeldet, dass Sie mit den Kindern Lieder geistlichen Inhaltes gesungen haben, und zwischendurch auch gebetet haben sollen. Das ist verboten, das wissen Sie doch, Johann! Warum haben Sie es nicht einfach gelassen? Wir lehren in unserem Land, dass es keinen Gott gibt. Wie können Sie da so dumm sein und Lieder singen, wo es um einen Gott geht?" Janzen nahm plötzlich eine andere Haltung an. Er wurde anklagend und unsympathisch, so als ob er sein Verhalten irgendwie rechtfertigen müsse. „So einen Lehrer können wir an unserer Schule nicht gebrauchen, Epp!" Damit entließ er Johann.

Johann fand keine Worte zur Verteidigung. Nur zu gut wusste er, dass es ihm noch zum Verhängnis werden konnte, wenn er irgendwas sagte. Er nickte dem Direktor kurz zu und verließ den Raum.

Zu Hause angekommen setzte er sich in seinen Stuhl und weinte. Hemmungslos weinte er, denn er war so verzweifelt wie schon lange nicht. Jetzt, wo die Hungersnot vorbei war und sie endlich wieder etwas besseren Zeiten entgegen sahen, mussten sie wieder fliehen. Und das so kurzfristig. Wie wollten sie in zwei Tagen ein neues Zuhause für die Familie finden. Würden seine Kinder weiter in die Schule gehen können? Fragen über Fragen.

Anna saß neben Johann und weinte auch. Sie war nicht

gesund und dann jetzt so eine Nachricht! Am schlimmsten für sie war wohl, dass Johann so weinte. Er war wirklich sehr verzweifelt, ihr lieber Gatte. „Hilf uns Gott", schrie Anna innerlich.

Tagebucheintrag von Anna am 22. September 1935

Seit einigen Wochen leben wir nun in Sterbisiowka, einem Ort etwa acht Kilometer von New York entfernt. Hier fand Johann gleich nach seiner Entlassung Arbeit in den Kohlengruben. Wir fanden eine alte Frau, die uns eine kleine zwei-Zimmer-Wohnung vermietete. Sie war nicht sehr freundlich zu uns, aber immerhin hatten wir ein Dach überm Kopf. Gerhard hatte in einem anderen Ort eine Lehrerstelle bekommen, sodass wir nun schon nur zu neun Personen sind.

Für die Kinder ist die Umstellung am allerschlimmsten. Bisher waren sie in einer Deutschen Schule gewesen, nun müssen sie in eine russische Schule gehen. Heinz und Abram sprechen etwas Russisch, aber Greta kennt nur etliche Wörter und das russische Alphabet. Neulich kam sie ganz verstört von der Schule. „Alle sprechen nur Russisch, ich versteh so gut wie nichts. Niemand kann für mich übersetzen", sagte sie. „Ich will nicht mehr an diese Schule, Mama. Können wir nicht weiter auf eine deutsche Schule gehen?", bettelte sie. Es tat mir im Herzen weh, dass mein Kind so traurig war. Ich machte ihr Mut, sie würde die russische Sprache schon noch lernen.

Johann arbeitet in einem Baugeschäft draußen. Im Moment ist er so erkältet, dass er schon eine Woche lang zu Hause mit hohem Fieber und einer Lungenentzündung im Bett liegt.

Von David habe ich nun schon einige Jahre nichts gehört. Lebt er noch? Wir wissen es nicht. Gerhard ist auch weg. Und

Lenchen und Lisbeth sind im Himmel. Es gibt Tage, da denke ich, es sei gestern gewesen, wo wir sie begraben haben. Es gibt Momente, da vermisse ich sie so unglaublich sehr. Trotz allem Schweren, das wir erleben, scheint es mir immer noch das Schwerste zu sein, meine lieben Töchter sterben zu sehen.

•••

Hunderte Menschen waren im Theater zu einem kulturellen Abend versammelt. Verschiedene Künstler präsentierten Gedichte, Lieder und Instrumental-stücke. Ein kleiner, magerer Junge betrat mit seinen Krücken die Bühne. Es war Heinz. Er wurde von den Organisatoren dieses Festes eingeladen, einige Stücke auf seiner Geige zu spielen. Es hatte sich an dem Ort herumgesprochen, dass dieser 13-Jährige äußerst talentiert war.

Nach seinem Auftritt erhielt er tosenden Beifall. Es war nicht nur die Tatsache, dass die Stücke gut vorgetragen wurden, sondern auch, dass so ein kleiner Mann so selbstbewusst und sicher auftrat. Das hinterließ bei so manchem tiefen Eindruck.

Die Geige war Heinz große Leidenschaft. Wenn er aus der Schule nach Hause kam, griff er als erstes zur Geige. Oft schon hatte Anna ihn aufgefordert, erst einmal Mittag zu essen. Seine Bitte hatte stets gelautet: „Mama, darf ich bitte wenigstens ein Lied oder einen Walzer spielen?" Sein Lieblingswalzer war „Auf den Gipfeln der Mandschurei". Es war eine tolle Melodie und Anna brachte es nicht übers Herz, ihm den Wunsch auszuschlagen.

Johann blickte mit Stolz auf die musikalische Begabung seines Sohnes. Selber sang er auch für sein Leben gern, und hatte es auch immer mit seinen Kindern getan. Dass Heinz so gut war und in seinem Alter auch schon einige Gruppen im Singen und Musizieren angeleitet hatte, ließ sein Vaterherz höher schlagen. Oft betete er dafür, dass Heinz mit dieser Gabe noch vielen Menschen zum Segen werden könnte.

...

„Papa, an unserer Schule ist kein Lehrer für Holzarbeit. Bewirb dich doch mal." Wieder war es Abram, der Johann eine neue Arbeit verschaffen wollte. Johann wollte nicht von sich aus dahin gehen. „Wir wissen ja gar nicht, ob sie jemanden suchen." „Du kannst es doch wenigstens versuchen, Papa", entgegnete Abram. „Dann musst du nicht mehr die schwere Arbeit des Dachdeckens machen."

Nach längerem Zögern entschied Johann sich, es zu versuchen. Und überraschenderweise war der Direktor von Abrams Schule froh zu Johanns Bewerbung. Er habe schon von seinen guten Arbeiten an der New Yorker Schule gehört, meinte er.

So kam es, dass Johann wieder an eine Schule kam. Und zusätzlich wieder eine Lehrerwohnung angeboten bekam. „Es gibt zwei Schlafzimmer, eine Küche, eine kleine Speisekammer und einen Balkon", schwärmte Johann von der neuen Wohnung. Diese Nachricht wurde von Anna und den Kindern begeistert aufgenommen. „Danke Papa, dass du den Versuch gewagt hast." Abram, der Optimist, war froh, dass er seinem Papa von der Vakanz an der Schule erzählt hatte.

Die Kinder und Johann hatten es nicht weit bis zur Schule. Hans, der die 8. Klasse bereits in New York abgeschlossen hatte, arbeitete ebenfalls auf dem Bau. Es war schwere Arbeit für so einen jungen Kerl. Und als dann der Brief von Gerhard kam, der in einer Schule etwa 100 Kilometer von Moskau entfernt als Deutschlehrer arbeitete, musste er nicht lange überlegen. Gerhard schrieb:

Liebe Eltern, liebe Geschwister. Mir geht es gut. Doch ihr würdet es nicht glauben, wie arm die Menschen hier leben. Viele leben zusammen mit einer Kuh im Zimmer und das Schwein liegt unterm Tisch. Die Kuh räumt mit ihrem Schwanz oft alles vom Tisch. Beim Ofen unter der Bank leben die Hühner. So leben hier viele. Doch das müssen sie, denn anders wird ihnen ihr Vieh gestohlen.

Ich unterrichte hier Deutsch an einer Schule. Und Deutschlehrer sind Mangelware. So kam mir der Gedanke, ob nicht Hans zu mir kommen könnte, um ebenfalls Deutsch zu unterrichten. Er kann sich in dem Beruf einleben. Lasst doch den Hans zu mir kommen, dann muss er nicht länger die schwere Arbeit auf dem Bau machen. Überlegt es euch gut.

Liebe Grüße euer Gerhard

Am meisten dagegen sträubte sich Anna. „Ich will nicht noch einen Sohn so weit weggehen lassen, Johann", sagte sie zu ihm. „Wer weiß, ob wir ihn jemals wiedersehen." „Das wissen wir nicht, doch wir müssen unsere Kinder alle irgendwann gehen lassen, meine Liebe", sagte Johann. Er hatte ja Recht, das wusste sie. Doch warum musste es gleich so weit sein? Andererseits war es gut, dass er wenigstens zu Gerhard kam.

Widerwillig stimmte Anna ein. In einigen Tagen war Hans reisefertig und setzte sich in den Zug. Anna stand am Bahnhof und weinte ihm hinterher. „Gott behüte dich, mein Lieber!", betete sie leise vor sich hin.

•••

Anna stand Schlange. Schon seit einiger Zeit hatte sie keinen Stoff mehr im Haus, um neue Kleider zu nähen. Jakob und Liese wuchsen so schnell aus ihren Kleidern heraus. Wenn man Stoffe haben wollte, musste man anstehen. Die Stoffe, die in den Ort kamen, waren stets begrenzt. Oft stand man stundenlang Schlange und wurde dann irgendwann nach Hause geschickt. „Kommt nächstes Mal wieder", hieß es dann. Es dauerte manchmal Monate, bis man Stoffe bekam.

Heute war Anna gar nicht danach, lange zu stehen. Sie war müde und fühlte sich nicht gut. Doch sie brauchte unbedingt Stoffe, deshalb hatte sie sich aufgerappelt. Die anderen waren in der Schule und Anna auf ihrer Arbeitsstelle.

Während sie so dastand und wartete, wurde sie Zeuge eines Gesprächs, das das Leben von ihrem Heinz verändern sollte. Neben ihr standen zwei Frauen und unterhielten sich. Die eine fragte die andere, wie es denn ihrem Sohn gehe, ob seine Wunden schon heilen würden. „Sehr gut, wir haben ein Wunder erlebt. Der Arzt sagte mir immer, mein Sohn solle nicht in der Sonne sitzen, das täte seinen Wunden nicht gut. Doch neulich sagte mir jemand, dass er in den heißen Sommermonaten am Schwarzen Meer gewesen sei und lange im Sand in der heißen Sonne gelegen habe." Anna horchte auf. Tuberkulosekranke gab es so viele in Russland. Sprach die Frau von derselben Krankheit, an der Heinz litt? Sollte es eine Möglichkeit der Heilung geben? Sie ging noch etwas näher heran an diese beiden Frauen. Die eine erzählte weiter: „Wir haben es probiert. Den Jungen haben wir ganz mit heißem Sand beschüttet, nur der Kopf blieb im Schatten. Lange Zeit machten wir es. Und heute ist der Junge gesund! Er hat keine Schmerzen und kann gehen!"

Weiter hörte Anna nicht zu. Sie hatte genug gehört. Sollte es wirklich eine Möglichkeit sein? Wer nicht wagt, der nichts gewinnt, so hieß es doch in einem Sprichwort.

Zu Hause angekommen erzählte sie Heinz ganz voller Freude von dem, was sie gehört hatte. Heinz war begeistert. Da sie grade Sommer hatten, konnten sie sofort damit beginnen. „Wir brauchen nicht ans Schwarze Meer fahren, Sonne und Sand haben wir auch hier", sagte Anna zu Johann.

Jeden Nachmittag setzte Heinz sich in die heiße Sonne und die Geschwister beschütteten ihn mit Sand. Für den Kopf machte er sich von Zeitungspapier eine große Mütze, fast wie ein Schirm. Und so saß er da, stundenlang – immer ein Buch in der Hand. Wenn Anna ihm zurief, dass es für heute reiche, damit er nicht zu heiß werde, antwortete er: „Es geht mir gut Mama. Ich fühl mich wohl hier."

Heinz war ein beständiger Typ. Tag für Tag machte er

diese zeitaufwändige, aber kostenlose Behandlung. Und am Ende des Sommers konnte er ohne Krücken gehen. Nach zehn Jahren! Biegen konnte er den Fuß nicht, er blieb steif. Aber er konnte gehen. Es gab auch weiterhin keine Wunden mehr.

Unendlich dankbar, dass sie an dem entsprechenden Tag neben diesen Frauen gestanden und ihr Gespräch gelauscht hatte, sagte Anna immer wieder zu Heinz und dem Rest der Familie: „Es ist ein Wunder! Gott hat es vollbracht!"

VI.

Tagebucheintrag von Anna am 23. August 1938

Wir schreiben das Jahr 1938. Schrecklich und furchtbar sind die Zeiten, in denen wir leben. Oft habe ich schon gedacht: Kann es denn noch schlimmer kommen? Aber sicher kann es das, muss ich nüchtern feststellen. Bis jetzt waren alle aus meiner Familie am Leben. Nun bin ich mir nicht sicher, ob ich das noch behaupten kann.

Der russische Geheimdienst ist zu einem Schreckgespenst geworden. Wie ein schwarzer Geist schwebt er durch die Gegend. Aufräumarbeiten nennt Stalin es. Unfassbar, wie ein Herrscher sein eigenes Volk ausrotten kann, wie er alles undenkbare Verderben über seine Untertanen bringen kann, während sich niemand wehren darf. Die Sowjets brauchen keinen maßgeblichen Grund, um ihren Bürgern Unrecht zu tun. Jedermann kann als billige Arbeitskraft verschleppt werden.

Jede Nacht verschwinden Männer auf Nimmerwiedersehen. Es klopft an der Tür, der schwarze Rabe ist da und die Männer werden mitgenommen. Wohin? Niemand weiß es. Wir selber sind bis jetzt noch verschont geblieben. Bei uns hat es noch nicht geklopft. Johann ist noch da. Doch es ist fürchterlich. Jede Nacht schlafen wir unruhig. Wird es klopfen? Wie dankbar sind wir für jeden neuen Morgen, an dem wir gemeinsam erwachen.

Ein Ungläubiger wird es nicht verstehen. Wie kann man immer noch an Gott glauben? Wo ist denn Gott, wenn seine Lieben so viel Schlimmes erfahren müssen? Aber ich weiß, dass Gott uns nicht vergessen hat. Immer wieder zeigt er uns, dass er unser Leben führt. So haben wir zum Beispiel neulich erfahren, dass in New York, in der Schule wo wir drei Jahre waren, alle Lehrer, Wächter, Heizer, Buchhalter und Wirtschafter abgeschleppt wurden, auf Nimmerwiedersehen. Und da wusste ich, dass Gott es gut mit uns meinte, als wir Hals über Kopf weg mussten aus New York. Ich fasste wieder neuen Mut, ganz auf Gott zu vertrauen.

Doch von David, unserem Ältesten, haben wir die Nachricht erhalten, dass er geholt wurde. Anna nahm die Mühe auf sich und reiste in die Stadt, wo David arbeitete. Und tatsächlich fand sie David in einem Gefängnis. Sie brachte ihm Essen und Kleider. Doch als sie zum zweiten Mal kam, schüttelte der Wärter schon nur den Kopf. „Nicht mehr da", sagte er kurz angebunden. Bittend sah sie ihn an und fragte, wohin er gebracht war. Sie erhielt keine Antwort.

Gerhard hat letztes Jahr eine russische Lehrerin geheiratet. Sie haben sich an der Schule kennen gelernt, wo er unterrichtet. Wir waren mit dieser Heirat nicht einverstanden. Sie ist nicht gläubig und scheint einen sehr schweren Charakter zu haben. Doch unser gutes Zureden half damals nicht. Er hatte sich für diese Frau entschieden. Mittlerweile habe ich den Eindruck, dass er es schon bereut. Er scheint überhaupt nicht glücklich zu sein.

Meine Kinder verlassen uns, eines nach dem anderen. Hans macht in Odessa eine Lehrerausbildung in Mathematik, Abram ist nach Leningrad gezogen und studiert im Maschinenwerk-Institut. Schon von klein auf war er Meister darin, irgendetwas zu bauen. Bereits als Schuljunge baute er Modellflugzeuge, die sogar fliegen konnten. Heinz will demnächst auf die Feldscherschule gehen. Wahrscheinlich geht sogar Greta mit. Beide interessieren sich für die Medizin.

Einerseits bin ich froh, dass meine Kinder trotz der schrecklichen Zeiten die Möglichkeit haben, einen Beruf zu erlernen. Andererseits hinterlässt es in mir so eine furchtbare Ungewissheit. Sie sind alle so weit weg, werden wir uns je wiedersehen?

Ich selber werde immer schwächer und kränker, mein Asthma schlimmer. Die kleinste Arbeit fällt mir schwer. Der Arzt hat uns zum Umzug geraten. Die Luft sei hier in der Nähe der Kohlengruben zu ungesund für mich. Doch wohin sollen wir gehen?

Oft denke ich an Alexanderwohl zurück, an unseren schönen Hof, unser geräumiges Haus. Wird wohl jemand in dieses Haus eingezogen sein? Werden die Apfelbäume noch so prächtige Früchte tragen? Was ist mit unserer schönen Kirche? Mit unseren Nachbarn? So viele Fragen, auf die ich wohl nie eine Antwort erhalten werde. Ich werde nostalgisch, sehne mich nach meinem Dorf, meiner Familie. Wann werden die Zeiten leichter?

VII.

Man schrieb das Jahr 1941. Es war der 20. Juni. Unter den 120 Studenten, die erfolgreich ihre Feldscherausbildung abgeschlossen hatten, war auch der glückliche Heinz Epp. Klein von Gestalt, mager und ständig humpelnd, weil seine Kniebeuge und sein Fuß von der Tuberkulose steif geblieben waren, hatte er sich tapfer durch sein Studium geschlagen. Sechs Stunden täglich hatte er praktischen Dienst in einem Hospital geleistet, jeweils immer am Vormittag, und nachmittags und abends sechs bis acht Stunden Theorie gepaukt. Und dies drei Jahre lang! Das war hart gewesen, aber er hatte es geschafft. Er hielt den Feldschertitel in seiner Hand! Seine Schwester Greta war fast bis zum Schluss bei ihm gewesen. Sie hatte ihre Ausbildung mit Schwerpunkt auf Hebamme gemacht. Doch sie war schwer erkrankt und war gezwungen gewesen, ihre Ausbildung abzubrechen.

„Was ist denn ein Feldscher?", hatte Liese, seine jüngste Schwester, ihn vor einiger Zeit gefragt. Er hatte es ihr so erklärt: „Ein Feldscher ist mehr als eine Krankenschwester und weniger als ein Arzt. Ein

Feldscher muss Impfungen machen, Kranke besorgen und notfalls auch die Hebamme ersetzen." In Russland wurden Feldscher oft in den Dörfern eingesetzt, wo es keine Krankenhäuser gab. Oft kam es deshalb auch vor, dass ein Feldscher Entscheidungen treffen musste, die normalerweise ein Arzt zu treffen hatte.

Heinz war glücklich! Er hatte einen Beruf, den er mit seinen körperlichen Defiziten ausüben konnte. Bauer hätte er nie werden können mit seinen Behinderungen. Nun wartete er noch darauf, dass der Staat ihm eine Stelle zuwies und er in seinem Gebiet losarbeiten konnte. Vorher wollte er noch einmal zu seinen Eltern. Er hatte sie schon seit längerem nicht gesehen.

Doch aus seinen Träumen sollte nichts werden. Zwei Tage später, Heinz saß in seinem Quartier und las etwas über verschiedene Hautkrankheiten, stürmten zwei seiner Kameraden ins Zimmer. Andrej hob die Faust und schrie aufgeregt: „Wojna!" Und nochmals und nochmals: „Wojna, wojna!"

Krieg? Heinz bewahrte Ruhe. „Mach keine Witze, Andrej, wo soll denn bitte Krieg sein?" „Komm mit, Heinz, gleich spricht Außenminister Molotow im Radio. Er will zum Volk sprechen. Dann wirst du hören, dass ich die Wahrheit sage." Andrej war ganz aus dem Häuschen. Es schien so, als ob ihm die Nachricht Freude bereitete.

Heinz dagegen bekam schwache Knie. Wenn das stimmte, dann wäre ab heute nichts mehr wie bisher. Wenn Russland Deutschland wirklich den Krieg erklärt hätte, dann würde sich alles ändern. Ganz besonders für ihn, seine Familie und all die anderen Menschen mennonitischer und deutscher Abstammung, die in Russland wohnten. Sie waren Deutsche, so wenigstens wurden sie vom Volk gesehen. Was würde mit ihnen passieren?

Heinz hatte ein ungutes Gefühl als er über den Hof schritt. Auf Nachbarschaft gab es einen Lautsprecher. Sie waren noch nur gerade dort, da hörten sie auch schon, wie der Außenminister sagte: „Seit halb vier morgens kämpft Russland gegen Deutschland. Ein Hoch auf Russland! Lasst uns dieses deutsche Ungeziefer vernichten..."

Heinz hörte gar nicht mehr hin. Es war, als ob er einen harten Schlag gegen den Kopf bekam. Sollte mit diesem schweren Ereignis seine Zukunft zusammenbrechen? Gesunde Mediziner würden sicherlich sofort eingezogen werden. Aber er? Er war nicht nur ein Krüppel, er war dazu noch ein Deutscher. Ein deutscher wehrdienstunfähiger Mediziner! Was kamen da für Schwierigkeiten auf ihn zu?

...

Als Anna die Nachricht erhielt, dass Russland im Krieg war, wohnten sie bereits seit einem Jahr in der Nähe von Saporoshje. Hier war Anna, ihre Älteste, verheiratet und sie waren nachgezogen, weil die Luft hier besser war. Johann arbeitete mit Greta und Jascha im Kolchos. Liese, die fast immer krank war, blieb bei ihr zu Hause.

„Krieg! Und dann noch mit Deutschland! Das wird fatale

Folgen für uns haben", sagte Johann sofort, als sie die Nachricht hörten. In einigen Tagen hatte Heinz zu ihnen kommen wollen. Nachdem er die Fachschule „Medtechnikum" abgeschlossen hatte, wollte er einige Wochen bei seinen Eltern verbringen. Daraus würde jetzt wohl nichts werden. Als Anna die Nachricht erst mal richtig wahrnahm, überschlugen sich die Fragen in ihrem Kopf. Und Abram, Gerhard und Hans? Alle waren sie so weit weg. In Moskau, Leningrad und in Ossipenko am Asowschen Meer, im Studium oder in der Arbeit. „Was wird aus ihnen? Werden sie alle eingezogen werden? Lieber Gott, behüte sie!" Mehr konnte Anna nicht sagen.

Vor ihrem Inneren liefen Bilder aus ihren ersten Ehejahren ab. Damals hatte der 1. Weltkrieg getobt. Auch damals waren die mennonitischen Männer eingezogen worden. Die Folgen des Krieges waren Tod, Verzweiflung, Hunger und Krankheit gewesen. Sollte sich das Ganze nun wiederholen?

Die schweren Gedanken riefen in Anna einen erneuten Asthmaanfall hervor. Liese eilte zur Hilfe und gab ihr Bestes, damit die Mutter wieder besser atmen konnte.

•••

Der Krieg warf alles um. Die ganzen Pläne, die Heinz gehabt hatte, wurden durchstrichen. Er hatte von einer guten Arbeitsstelle geträumt, wo er sich in seinem Bereich entwickeln könnte. Doch daraus wurde nichts. Er war mittellos, hatte kein Geld und keine Arbeit. Er musste sich irgendeine Arbeit suchen, ihm blieb keine andere Möglichkeit.

Leichter gesagt als getan. Diese Redewendung bewahrheitete sich nun. Auf mehreren Stellen bewarb er sich. Überall kam ihm Misstrauen entgegen. Ein Deutscher? Das kann doch nur ein Spion sein. Davon lassen wir mal schön unsere Finger. So dachten die Leute.

Doch nach einiger Zeit hatte er Glück. In einem Ambulatorium wurde er in der Ersten Hilfe angestellt. Sein gutes Zeugnis hatte den Verwalter überzeugt. In der Werksküche durfte er essen und im Arbeiter-internat wohnen. Heinz war zufrieden damit.

In den folgenden Monaten kam die Kriegsfront immer näher, das Leben wurde unruhiger und unsicherer. Die Versorgung brach zusammen. Verantwortliche Männer flohen heimlich ostwärts. Das totale Chaos brach aus. Geschäfte und Lagerräume, Hospitäler, Theater und Bibliotheken wurden vom Volk geplündert und teilweise sogar ausgebrannt. Jugendliche warfen Fenster ein, Überfälle wurden gemacht, Menschen entführt und getötet. Niemand unternahm etwas dagegen. Man hörte Maschinengewehre, in der Nähe schlugen Granaten ein. In der Ersten Hilfe hatten Heinz und seine Kollegen alle Hände voll zu tun.

Heinz hatte sich nie vorgestellt, dass er auf diese Art und Weise in seinen Beruf einsteigen würde. Und trotz der Tatsache, dass die Umstände furchtbar waren, merkte er, wie seine Arbeit ihm tiefe Erfüllung brachte. Er konnte Menschen helfen, dass es ihnen besser ging. Er sah darin nicht nur seinen Beruf, sondern auch seine Berufung.

•••

Es war Anfang September 1941. Der Herbst kündete allmählich sein Kommen an. Ganz in der Frühe stand Johann auf, um sich für seine Arbeit im Kolchos vorzubereiten. Anna lag noch im Bett und auch die Kinder schliefen noch. Johann setzte sich noch einmal kurz an den Küchentisch bevor er losging und griff zu seiner kleinen Taschenbibel. Dieses Büchlein hatte ihm schon so oft Ruhe und Trost gegeben. Schnell wollte er noch Kraft sammeln für den neuen Tag.

Doch bevor er das Haus verließ, hörte er, dass auf der Dorfstraße Bewegung war. Er hörte Rufen und Motorengeräusche. Was da wohl los war? Als er aufstand und durchs Fenster spähte, stand auch schon Anna neben ihm. Auch sie hatte den Tumult gehört. „Was ist denn da los?", fragte sie mit müder und matter Stimme. Seine Frau wurde immer schwächer und kränker. Johann machte sich große Sorgen um ihren Gesundheitszustand. Er legte den Arm um ihre Schultern. „Keine Ahnung, Liebes, aber ich habe nichts Gutes im Gefühl."

Sein Gefühl sollte ihn nicht täuschen. Beamte des russischen Geheimdienstes NKWD gingen von Hof zu Hof. „Alle Männer von 16 bis 60 Jahren kommen mit uns mit!", hieß es. „Los, fertig machen zum Abmarsch. Wir treffen uns alle in der Mitte des Dorfes, in einer halben Stunde!"

Anna hielt sich an Johann fest. Das war ja furchtbar. Alle Jungen und Männer wollten sie mitnehmen? Was würde dann aus den Frauen und Kindern werden? Anna klammerte sich an ihrem Mann. Sie weinte herzzerreißend. Auch Johann weinte. Nun war der Moment gekommen. Er wurde von seiner Familie genommen. Über zehn Jahre hatte er diesen Moment gefürchtet. Nun war er da. Aber in seinen schlimmsten Vorstellungen hatte er sich nicht vorgestellt, dass es so schlimm sein würde.

Wie hypnotisiert ging er ins Zimmer und packte einige Sachen ein. Seine Taschenbibel steckte er in seine Manteltasche. Er ging zu den schlafenden Kindern. Er umarmte Liese, Greta und Jascha. Seinem Dreizehnjährigen flüsterte er ins Ohr: „Du bist nun der Große im Haus. Pass gut auf Mama und deine Schwestern auf." Verschlafen schaute Jascha ihn an und verstand nicht so recht, was hier ablief. An der Haustür noch eine schnelle Umarmung mit Anna. Was wird jetzt? Wohin kommt Johann? Was wird aus den Frauen und Kindern? Werden wir uns wiedersehen? Eine Frage löste die andere ab; beantwortet wurde keine. Anna kämpfte damit, nicht hysterisch zu werden. „Gott ist mit uns, egal was passiert." Das waren die letzten Worte, die Johann seiner Frau ins Ohr sagte. So oft rief sie sich diese Worte später wieder ins Gedächtnis.

•••

Etwas später stand Anna am Gartentor und beobachtete, wie sämtliche Männer aus dem Dorf abgeführt wurden. Zu Fuß, wie Gefangene. Auch aus anderen Dörfern waren viele Männer da. Alle zogen sie nun ab, die meisten eine Tasche auf dem Rücken. Es war so ein furchtbar trauriger Moment für alle. Die Bleibenden und die Abgeführten, alle weinten.

Annas Herz war so schwer als wenn ein Stein in ihrem Körper wäre. Ihre Kehle war zugeschnürt. Als die Menschenkolonne am Horizont verschwand, wollte sie gerade kehrt machen und ins Haus gehen, als sie sah, wie ihre Tochter die Dorfstraße entlang gelaufen kam. Ihre Älteste wohnte einige Häuser von ihnen entfernt. Sie war mit Johann Heidebrecht verheiratet und hatte in diesem Moment, wo auch ihr Mann verschwunden war, einen sieben Monate alten Sohn.

Anna wollte ihrer Tochter entgegenlaufen. Doch sie hatte nicht die Kraft dazu. Ihre Älteste warf sich in ihre Arme. Beide weinten sie. Sie hatten keine Hemmungen, ihre Trauer und Verzweiflung, ja ihre Wut, zurückzuhalten. „Ich bin so wütend, wütend auf diese Regierung, auf diese Menschen, auf dieses Land. Wütend auf Gott!" Sie ließ ihren Frust raus. Anna konnte nichts sagen. Ihre Sprache war verschwunden. Das Einzige, wozu sie im Stande war, war eine feste Umarmung. Trösten konnte sie weder ihre Älteste, noch sich selber.

•••

Die Front hatte sich weiter ostwärts geschoben. Die Deutschen waren im Angriff, die Russen zogen sich zurück. Dsershinsk lag in Trümmern. Heinz arbeitete immer noch im Ambulatorium von früh bis spät und gab sein Bestes, Menschenleben zu retten. Die Deutschen hatten die Stadt besetzt und begannen, die zerstörten Betriebe wieder in Gang zu bringen.

Ein deutscher Offizier hatte entdeckt, dass Heinz Deutsch sprach. „Bist du Deutscher?", hatte er ihn erstaunt gefragt. Was sollte Heinz sagen? Zu erklären, er wäre Russe und sprach gut Deutsch, war etwas komisch. Was war das Beste? Sollte er opportunistisch handeln? Heinz war im Gewissenskonflikt. Er wusste nicht, was er sagen sollte. Sagte er, er sei Russe, wer weiß, was sie mit ihm anstellen würden. Aus Angst bejahte er deshalb diese Frage. So ganz falsch ist es ja nicht, dachte er im Stillen bei sich.

„Das ist gut", hörte Heinz den Offizier sagen und atmete erleichtert auf. „Du hast ab jetzt die Aufgabe, die Apotheke zu sammeln, sie einsatzfähig zu machen und das gesamte Inventar aufzunehmen." Heinz nickte nur und begann sofort mit der Arbeit.

Doch schon einige Tage danach kam der Offizier wieder zu ihm. „Wir brauchen dich auf einer anderen Stelle. Komm mit!" Das war ein Befehl, und Heinz gehorchte.

Im Quartier der Deutschen Armee angekommen, wurde er zum Oberbefehlshaber gebracht. „Sie sprechen Deutsch und Russisch, Herr Epp?", fragte dieser ganz formell. Heinz nickte. „Wir brauchen Sie als Dolmetscher. Wir bieten Ihnen Verpflegung und Schutz an." Und damit war Heinz entlassen. Er solle im Vorraum warten.

So waren für Heinz die Weichen für die Zukunft gestellt. Er war bei den Deutschen! Sollten die Russen irgendwann wieder die Offensive ergreifen, musste er sein Bestes geben, westwärts zu fliehen. Denn die Russen würden, sollten sie ihn in ihre Hände bekommen, mit ihm als Saboteur gnadenlos verfahren. Das wusste er. Und davor fürchtete er sich.

Heinz begleitete in den nächsten Wochen und Monaten die Offiziere, die die Aufgabe hatten, russische Dörfer wieder aufzubauen. Bei einer Gelegenheit verlangte ein deutscher Offizier Unmögliches von einem russischen Ingenieur. Selbst Heinz, der von Bauarbeiten wenig Ahnung hatte, merkte das. Er vergaß von seiner Übersetzerpflicht und anstatt ins Russische zu übersetzen, widersprach er dem deutschen Offizier: „Das ist doch unmöglich, Herr Offizier. Das schafft er nie in dieser kurzen Zeit." Der Offizier schaute ihn mit erbostem Blick an und sagte: „Sie kleiner Missetäter, Sie! Bei uns gibt es nichts Unmögliches. Wollen Sie uns vorsagen? Sollen wir Sie an die Wand stellen?" Heinz schüttelte den Kopf und schluckte einige Male. Ihm wurde angst und bange. Nur zu gut wusste er, dass die Deutschen mit ihm nach ihrem Wunsch verfahren konnten. Er nahm sich vor, vorsichtiger zu sein.

•••

Tagebucheintrag von Anna am 29. September 1941

Die Front kommt immer näher. Wir haben keine Ruhe, nicht nachts und nicht tags. Tagtäglich zieht Militär durch unser Dorf. Flugzeuge fliegen über unsere Köpfe hinweg. Jascha hat neulich einmal gezählt; 300 an einem Tag. Und sie fliegen nicht nur, sie schießen auch. Die Bomben fallen und zerstören alle Bahnhöfe in der Umgebung. Für den Abend verdunkeln wir alles. Kein Licht darf angeschaltet werden. Auf jedem Hof muss es einen Schützengraben geben. Wir haben uns auch einen gemacht. Jascha hat die meiste Arbeit erledigt. Eigentlich ist es für einen 13-Jährigen zu schwere Arbeit, aber ich liege krank im Bett und Liese ist auch ständig krank. Greta ist die Einzige, die noch etwas kräftiger ist.

Gestern erhielten wir einen Brief von Abram aus Leningrad. Er schrieb, dass wir uns wahrscheinlich nicht wiedersehen werden. Weshalb, schreibt er nicht. Aber der Brief macht mir große Angst. Wenn Abram uns so etwas schreibt, dann hat er seine Gründe. Er hatte noch ein Foto beigelegt, wo er mit seinem Freund zusammen in der Schule ist. Beim Anschauen des Fotos kommen mir jedes Mal die Tränen. Und von Hans und Gerhard haben wir noch nichts weiter gehört. Ob sie noch leben? Wir wissen es nicht.

•••

Es war der 30. September. Der Tag, der alles veränderte. Ins Dorf kamen zwei Autos mit bewaffneten Männern von der NKWD. Diese verteilten sich auf alle Höfe. Auch auf Annas Hof kamen zwei. Sie schrien schon von der Straße: „Macht euch bereit. In zwei Stunden sollen alle fertig sein." Anna und Greta saßen noch am Tisch. Sie hatten soeben Mittag gegessen. Mutter und Tochter schauten sich an. Ihr Blick sagte alles. Beide dachten sie: Jetzt ist es soweit. Nun ist alles aus. Jetzt kommen auch wir in den hohen Norden. Anna zwang sich ruhig zu bleiben. Doch innerlich erstarrte sie vor Angst und Schrecken.

Ohne zu klopfen traten die Männer ein. „Wie viele Personen wohnen hier?", fragte der Kleinere von beiden. Er schien das Kommando zu haben. „Vier", antwortete Anna angsterfüllt. „Packt für einen Monat Esswaren und die allernötigsten Sachen ein. Ihr kommt mit uns. Es dürfen aber nicht mehr als 200 Kilogramm sein."

Anna fühlte, wie auch noch das Letzte an Kraft aus ihrem Körper verschwand. Dies würde sie nicht überstehen. Leise fragte sie den Mann: „Wo bringt ihr uns hin? Ich bin krank und werde bald sterben." Dieser grinste voller Hohn und besaß dann auch noch die Frechheit zu sagen: „Ihr werdet sowieso alle sterben, wie die Tiere." Der Größere von den beiden lachte über die Aussage seines Vorgesetzten.

So viel Demütigung und so viele Erniedrigungen mussten nicht nur Anna, sondern Tausende Menschen in dieser Zeit erleben. In Russland wurden die Men-schen schlimmer als Tiere behandelt. Menschenwürde war ein Fremdwort für die Herrscher in jener Zeit.

„Schnell, schnell, nun macht schon, sonst sind zwei Stunden um und ihr habt nichts zusammengetragen." Anna und Greta sammelten einige Esswaren zusammen und nahmen ein paar Habseligkeiten mit. Jascha und Liese halfen dabei. Der Größere von den Männern führte eine Liste vom sämtlichen Inventar, das sich im Haus und Hof befand und das zurückgelassen wurde. Als der andere gerade nicht im Zimmer war, sagte er zu Anna: „Ihr werdet für das, was hier zurückgelassen wird, entschädigt werden. Deshalb schreibe ich alles auf." Anna sagte dazu nichts. Sie wusste nur zu gut, dass das eine Lüge war. Nie und nimmer würde der Staat ihnen etwas zurückgeben.

Zusammen mit vier anderen Familien, insgesamt 19 Personen, erhielten Anna und ihre Familie einen Wagen von Pferden gezogen. Darunter waren 10 Kinder unter 12 Jahren. Das bedeutete, dass mindestens acht Personen zu Fuß gehen mussten. Um drei Uhr nachmittags waren alle Wagen auf der Dorfstraße versammelt. Es regnete in Strömen. Doch es gab kein Erbarmen! „Schnell, vorwärts", hieß es nur immer wieder.

Anna war so schwach, dass sie auf ihrem Wagen gebettet wurde. Alle hatten Befehl erhalten, bei den Wagen zu bleiben. Doch der 13-jährige Jascha lief noch einmal zurück ins Haus, um eine Decke für Anna zu holen, damit sie nicht so nass wurde.

Als er ins Haus treten wollte, war das Schloss bereits aufgebrochen worden. Das ganze Haus war voller russischer Frauen, die alles mitnahmen was da war. Sie hatten bereits einige Säcke vollgefüllt. Als er ins Haus trat, schrien sie auf ihn. Doch er war schneller als sie. Er schnappte sich eine Decke und lief schnell raus. Am Wagen angekommen bedeckte er seine Mutter damit. Von den Frauen im Haus erzählte er ihr nichts. Was hätte es auch gebracht?

Erst hatten die NKWD Beamten die Leute zur Eile angetrieben. Alle sollten sie bei ihren Wagen bleiben, gleich würde es losgehen. Doch der Befehl zur Losfahrt kam und kam nicht. Draußen im Regen warteten die Frauen und Kinder, stundenlang. Erst als es ganz dunkel war, ging es los zum Bahnhof. Alle waren bis auf die Knochen durchnässt.

Verabschiedet wurden sie aus ihrem Dorf von den

brüllenden Kühen und den heulenden Hunden, die zurückgelassen wurden. Kinder und Erwachsene – alle weinten. Und die bewaffneten NKWD Leute schrien: „Schneller, schneller!" Die ganze Karawane war ein Haufen Elend. Ein Albtraum!

Sie fuhren nur auf Feldwegen. Der Matsch war fürchterlich. Auf einigen Stellen mussten die Leute den Wagen schieben, da es für die Pferde zu schwer war. Acht Kilometer quälten sie sich durch den Matsch bis zum Bahnhof Janzewo. Die Nacht war stockfinster. Nirgendwo ein Licht. Regen, Matsch, Steckenbleiben, schimpfende und fluchende Agenten. Die Verzweiflung steigerte die Kraft der Flüchtlinge aufs Äußerste.

Auf dem Bahnhof wurden alle mit ihren Habselig-keiten in einen Speicher getrieben. Da saßen sie nun beieinander. Die Türen wurden von außen verriegelt. Niemand sollte auf die Idee kommen, zu fliehen. Der Regen prasselte immer noch auf das Dach. Und im Speicher saßen alle und weinten. Sie waren müde, verzweifelt und gedemütigt bis aufs Letzte. Mitten in dieser verzweifelten Situation stimmte Anna, Annas Älteste, das Lied „Harre meine Seele" an. Sie war mit ihren Schwiegereltern und Schwägerinnen zusammen auf einem Wagen gekommen. Ihr Sohn Hansi war zu diesem Zeitpunkt acht Monate alt. Viele stimmten mit Tränen in den Augen in das Lied ein. Etliche weinten noch lauter. Die Kinder beruhigten sich etwas.

•••

Für Anna und ihre Kinder waren diese Tage von entscheidender Wichtigkeit für ihre Zukunft. Sie gehörten zu den Dörfern, die von den Russen noch rechtzeitig evakuiert werden konnten. Viel später hörte Anna, dass die Evakuierungsaktion der Russen von den Deutschen beendet worden war.

So wurden zum Beispiel die Frauen und Kinder aus dem Dorf Gnadenfeld drei Tage später evakuiert, also am 2. Oktober. Fünf Tage lang warteten sie auf einem nahegelegenen Bahnhof, um wegtransportiert zu werden. Die Waggons reichten nicht aus, um die große Menge an Menschen zu transportieren. Dann kamen die Deutschen und bombardierten die Eisenbahnschienen. Das war das Ende der Evakuierung.

Die Frauen durften zurück in ihr Heimatdorf. Unter dem Regime der deutschen Armee verbesserten sich ihre Lebensumstände. Und als die Russen dann wieder im Anmarsch waren, da flüchteten sie im Schutz der Deutschen Richtung Westen. Viele von ihnen kamen nach Deutschland und später nach Südamerika.

Anna hat später oft gedacht, was wäre wenn die Deutschen einige Tage vorher bis uns gewesen wären? Was wäre, wenn wir Russland damals verlassen hätten? Doch diese Was-Wäre-Wenn-Fragen nutzten Anna nichts. Die Weichen für sie und ihre Kinder waren gestellt.

•••

Was die Menschen in dieser Scheune in dieser Nacht erlebten, war der Anfang eines Terrors, der in den nächsten Monaten nicht aufhören sollte. Als sie den Morgen erblickten, wurden sie rausgelassen, um ihre Notdurft zu verrichten. Überall stand Wache. Jetzt wo es draußen hell war, sah Anna, dass sie bei weitem nicht die Einzigen waren, die deportiert wurden. Der Hof war voller Speicher, und alle Speicher waren überfüllt von Menschen, die von ihrem Zuhause weggerissen worden waren. Auch unter den Bäumen, Büschen und sogar unter freiem Himmel lagerten Menschen. Und es regnete immer noch. Wie furchtbar, wie schrecklich, wie kann die Welt nur so grausam sein, konnte Anna nur die ganze Zeit denken. In ihrem Gesicht lag tiefe Trauer, Entsetzen und Verachtung gegenüber diesen schrecklichen Taten. War es möglich, dass Menschen so von Grund auf nur Schlechtes taten?

„Ich habe Hunger, Mama." Liese holte ihre Mutter zurück in die Realität. Anna drückte ihre Kleine. In der Manteltasche hatte sie noch einige Reste von der Reise. Diese drückte sie Liese in die Hand. Mehr würde es jetzt nicht geben. Und von den Wachen erhielten sie auch nichts.

Am Abend wurden drei Viehwaggons vorgefahren. Die Türen wurden geöffnet. „Alle einsteigen!", so brüllten die Beamten. Anna war mit ihren Kindern von den ersten. Sie kamen ganz in die Ecke auf einen Platz von etwa 80 auf 80 cm. Da stellten sie ihre wenigen Sachen hin und setzten sich drauf. Der Wagon wurde immer voller. Es wurde geschoben und geschoben. Die

Wachmänner schrien immer lauter: „Schnell, schnell!"

Als die drei Waggons so voll gestopft waren, dass wirklich keine Person mehr reinpasste, wurden die Türen verriegelt und der Zug setzte sich in Bewegung. Die Fahrt begann, eine Fahrt ins Ungewisse.

In den Waggons mit nur zwei kleinen Fenstern waren weder Toiletten noch irgendwelche Behälter, wo der menschliche Abgang hätte hineingeschüttet werden können. Nicht einmal ein Loch gab es im Fußboden. Es dauerte einige Stunden, und der Gestank war fast unerträglich.

Anna war unruhig. Wo waren ihre Tochter Anna und ihr Enkel Hansi? Sie war mit ihren Schwiegereltern zusammen geblieben. War sie auch auf diesen Transport aufgestiegen oder waren sie möglicherweise getrennt worden? Oft in ihrem Leben hatte Anna bei sich gedacht und auch zwischendurch gesagt: „Kann es denn noch schlimmer kommen?" Nun hatte sie die Antwort: Es konnte noch schlimmer kommen. Was sie hier und in den Wochen darauf erlebte, überstieg die ganze Vorstellungskraft, die sie bisher gehabt hatte. Und immer wieder dachte sie: Wo sind die anderen? Johann, David, Gerhard, Abram, Hans, Heinz? Werden wir uns irgendwann wiedersehen? Lenchen und Lisbeth, dafür war sie nun dankbar, waren im Himmel. Sie mussten dies alles nicht mehr miterleben.

Als es erst dunkel wurde, hielt der Zug in Saparoshje. Doch die Waggons wurden nicht geöffnet. Schon bald hörte Anna von weitem das Geräusch, das sie in den letzten Wochen so oft gehört hatte: Flieger waren im

Angriff. Und da fielen auch schon die ersten Bomben. Es krachte viele Male und der Zug rückte da etwas vorwärts, da wieder etwas zurück. Jedes Mal mit einem großen Stoß. Es wurde geweint und geschrien. Anna hörte einige beten, einige singen. Sie selber war sprachlos. Jascha, Greta und Liese umarmt, saßen sie da und fühlten sich so unbeschreiblich machtlos. Weinen war im Moment das Einzige, was sie konnten. In ihre Tränen mischte sich neben der Verzweiflung auch die Wut. Warum?! Was haben wir getan?! Plötzlich herrschte Totenstille. Einige Minuten lang. War der Angriff vorbei oder war dies nur die Stille vor einem weiteren Sturm? Erst als es lange Zeit ruhig war, atmeten die Menschen auf. Die Angreifer waren weitergezogen. Fürs Erste war einmal Ruhe.

Morgens stand der Zug auf der Steppe. Die Türen wurden geöffnet und alle sprangen raus, um das Nötigste zu erledigen. Viele Waggons waren noch hinzugekommen. An den Zügen entlang saßen Frauen, Kinder, Greise und alte Mütterchen. Keiner hatte mehr ein Schamgefühl.

Jascha lief einige Waggons weiter nach hinten. Als er zurückkam, machte Anna einen Freudenschrei, denn er kam mit ihrer Ältesten an der Hand. „Gott sei gepriesen", entfuhr es Anna und schaute gleich nach allen Seiten, ob sie von den Wachen jemand gehört hatte. Gott war der Allerletzte, von dem die Wachen etwas hören wollten. Ihre Tochter fiel ihr in die Arme und weinte herzzerreißend. Mein armes Kind, dachte die Mutter. So eine junge Mutter und muss schon so viel Schweres erleben.

•••

Es war ein warmer Herbsttag. Sie waren schon fast eine Woche unterwegs. Der Zug hielt bei einem Wäldchen am Fluss Don. „Hier bleiben wir etwas länger stehen!", riefen die bewaffneten Begleiter. Die Frauen gingen Windeln waschen und auf dem Gras oder einem Busch trocknen. Alle schnappten frische Luft. „Das tut so gut", sagte Anna und lächelte ihren Töchtern müde zu. In solchen schweren Situationen war man für Kleinigkeiten wie frische Luft dankbar. Bisher hatte man die gar nicht richtig wahrgenommen.

Während Anna sich im Gras etwas ausstreckte, beobachtete Liese den Wald. „Bestimmt gibt es da frische Beeren", sagte sie zu einem Kind neben ihr. „Ich lauf mal schnell schauen. Ich hab so großen Hunger." Und sie lief an den Waldesrand, doch da sah sie auf den ersten Blick keine Beeren. Bestimmt sind die etwas weiter rein, dachte sie bei sich. Doch sie fand nichts. Sie hatte nicht gemerkt, wie die Zeit verging. Plötzlich blieb sie abrupt stehen. Was wäre, wenn der Zug schon losfährt? Sie hatte nichts gehört, doch sie war sich auch nicht mehr sicher, wie weit sie in den Wald gegangen war. In der Vorstellung, sie könne alleine zurückbleiben, begann sie zu laufen und zu weinen. Ihre Verzweiflung gab ihr mehr Kraft, als sie eigentlich hatte. Sie hatte jedoch keine Ahnung, ob sie in die richtige Richtung lief.

Doch Gott hielt seine schützenden Hände über dieses Kind. Sie lief in die richtige Richtung. Es standen mehrere Züge da. Sie kroch unten durch und ihr Zug stand noch auf seinem Platz. Die Tränen liefen Liese in Strömen über die Wangen. Vor Freude und Erleichterung, dass sie ihre Mutter und Geschwister wiederfand. Welche Dummheit von ihr, sich von ihnen zu trennen. „Ich mach es nie wieder", versprach sie Anna, die sich auch schon große Sorgen gemacht hatte.

Wie froh und dankbar war Anna, ihre Jüngste wieder bei sich zu haben, denn das wusste sie schon: Kinder, die irgendwo hängen blieben, verhungerten einfach oder wurden in ein Waisenhaus gesteckt. Entsetzlich, wenn sie ihre Liese auf diese Art und Weise verloren hätte.

•••

Aus der warmen Ukraine kamen sie einen Monat später ins eiskalte Sibirien. Bei ihrer Ankunft zeigte das Thermometer 35°C Frost. Und alle waren nur ganz leicht angezogen.

Anna kam zusammen mit ihren Kindern und vielen anderen in ein großes Schulzimmer. Es war angenehm warm. Auf dem Fußboden lag Stroh. Die Menschen fielen aufs Stroh und schliefen gleich ein. Das erste Mal in 30 Tagen konnten sie sich ausstrecken. Morgens durften sie baden und danach bekamen sie eine Suppe mit Kartoffeln und etwas Fleisch drinnen. Anna und ihre Kinder aßen und weinten. Gut schlafen, baden und dann noch essen – so viel Gutes war ihnen schon lange nicht widerfahren.

•••

Kurz vor Weihnachten, etwas mehr als einen Monat nach ihrer Ankunft in Sibirien, erhielt Anna die größte Weihnachtsfreude überhaupt. Es war ein Brief, an sie adressiert, und zwar von Johann! Er schrieb:

Meine liebe Anna, liebe Kinder Anna, Greta, Jascha und Liese, lieber Hansi!

Endlich kann ich euch ein Lebenszeichen geben. Nach monatelangem Getrenntsein wissen wir nun endlich, dass ihr lebt und wo ihr seid. Ich bin im Norden des Urals gelandet, in einem Ort namens Isoljikamsk. Durch andere Männer hier haben wir eure Adresse. Ich spreche von uns, denn Hans ist auch hier bei mir. Auch Johann, Annas Mann, ist hier in diesem Lager. Wir sehen ihn öfters mal.

Leider kann ich euch nicht schreiben, dass es mir gut geht. Unsere Lage ist äußerst traurig. Wir hungern und frieren sehr. Und die Arbeit im Wald ist sehr schwer. Überall sind Wachen. Ich kann mir nicht vorstellen, dass Gefangene schlechter behandelt werden als wir. Auch von unserer Reise hierher könnte ich ein Buch schreiben. Aber was nützt es euch? Ich erspar euch die Einzelheiten. Euch ist es bestimmt nicht besser ergangen.

Ich hab euch lieb und befehle euch Gottes Schutz an. Mein größter Wunsch ist, dass wir alle am Leben bleiben und uns irgendwann wiedersehen.

Euer Papa

•••

Johann hatte zu Recht vermutet, dass es seiner lieben Frau nicht besser ging. Doch dieser Brief gab ihr wieder etwas mehr Lebensmut und Hoffnung auf ein Wiedersehen.

In einem kleinen Zimmer lebten sie zusammen mit zwei anderen Frauen und ihren Kindern. Es war eng, aber es war immerhin ein festes Zimmer. Kein Zug, der sie tagtäglich weiter in den Norden brachte. Ein Bett gab es nicht, auch nicht für die kranke Anna. Es wurden zwei hölzerne Böcke aufgestellt und darauf wurde eine Tür gelegt. Das war Annas Bett.

Liese kam in die Schule und alle anderen bekamen eine Arbeit zugeteilt. Annas Töchter Greta und Anna mussten im kalten Winter Getreide putzen; Jascha in der Schmiede als Hammerzuschläger arbeiten.

Es wurde immer kälter. Holz zum Heizen mussten sie selber aus dem Wald holen. Der Schnee lag ein Meter hoch. Greta und Anna gingen in den Wald, fällten einige Bäume, zersägten sie und luden sie auf den Schlitten. „Gott sei Dank dürfen wir heizen", sagte Greta zu ihrer Mutter, als diese sich darüber beschwerte, dass dies eine zu schwere Arbeit für ihre Mädchen sei. Der Frost stieg bis 54°C unter null. Wenn man da kein Feuer gehabt hätte, wäre man erfroren.

Tagebucheintrag von Anna am 5. Mai 1942

Gestern ist ein großes Wunder geschehen, ein Wunder, an das ich schon seit langem nicht mehr geglaubt habe. Das muss ich ehrlich zugeben. Johann ist zu uns gekommen. Er war bei den Arbeiten vom dritten Stock gefallen und es ging ihm nicht gut. Er war bewusstlos im Schnee gefunden worden. Seine Lungen waren beschädigt und er spuckte Blut. So wurde er ins Krankenhaus geliefert. Und nun, fast sechs Wochen später durfte er zu uns kommen. Warum? Ich kann es mir nicht erklären. Sie hätten ihn doch einfach sterben lassen können, wie die Tausenden andern auch. Aber sie haben es nicht getan. Gott hat seine Hand immer noch in unserem Leben.

Ich habe ihn fast nicht wieder erkannt. Er war so abgemagert, schwach und ganz krumm. Vor acht Monaten, als er von zu Hause weggeholt worden war, war er ein gesunder zielsicherer Mann gewesen. Wie die Zeiten und Umstände uns in kurzer Zeit verändern...

Von Abram, David, Gerhard und Heinz haben wir nichts weiter gehört. Hans ist noch in dem Lager, wo Johann bis jetzt war. Anna's Johann auch. Ob Gott uns die Freude schenkt, dass wir uns alle wiedersehen?

VII.

Man schrieb Mai 1945. „Die Deutschen kapitulieren!", so hieß es überall. „Der Krieg ist aus." Die Russen jubelten, die Deutschen zogen sich enttäuscht zurück.

Heinz hatte bis Ende 1943 bei den Deutschen als Dolmetscher gedient. Doch die Front war immer weiter westwärts gekommen. Heinz hatte Angst gehabt, dass die Deutschen in die Hände der Russen gelangen würden. Und dann? Er war sich sicher, dass die Russen mit ihm schlimmer verfahren würden als mit den Deutschen. Denn er war ein Deutscher mit russischen Papieren. Diese Sabotage wäre ihm teuer zu stehen gekommen. Also hatte er entschieden, das deutsche Heer zu verlassen und alleine Richtung Westen zu fliehen.

So hatte er sich über ein Jahr lang durchgeschlagen. Immer wieder mal Gelegenheitsarbeiten auf abgelegenen Bauernhöfen. Immer wieder Angst und Hunger.

Doch nun kehrte die ersehnte Ruhe ein. Die Zone, in der er sich aufhielt, gehörte den Alliierten. Heinz fand eine simple Halbtagsarbeit mit ausreichendem Gewinn auf einem landwirtschaftlichen Gut. Er lebte knapp, aber fühlte sich zumindest in Sicherheit.

Doch zwei Monate später mussten die Alliierten diese

Zone an die Russen abgeben. Heinz konnte es nicht fassen: So lange und so weit war er den Russen entflohen, aber nun musste er damit rechnen, wieder in die Heimat zurückgeschickt zu werden. Denn aus Berlin war der Befehl gekommen, dass alle Russen zurück in ihre Heimat geschickt werden sollten. Nach Westen hin hatten die Russen die Grenzen abgeriegelt. An Flucht war also nicht zu denken. Was nun?

Die Wirtin, bei der Heinz im Quartier war, fragte Heinz etwas argwöhnisch: „Warum fürchtest du den Russen? Du musst wohl etwas verschuldet haben", stellte sie fest. Heinz sagte darauf nicht viel. Er wusste, dass man auch ohne Schuld nach Sibirien geschickt werden konnte. Nein, er hatte nicht den ganzen Weg in Angst und Unsicherheit hinter sich gelegt, um doch wieder in die Hände der Russen zu kommen. Er wollte frei sein. Er musste etwas unternehmen.

Fliehen war wie gesagt keine Option. Die Grenzen waren gesperrt. Heinz dachte verzweifelt nach. Dann bot er der Kreisverwaltung seine Dienste als Übersetzer an. Wenn ich in der Verwaltung tätig bin, so dachte er, wird man mich nicht so leicht nach Russland zurückschicken. Und er erhielt diese Arbeit.

Nun begann für Heinz eine Zeit, in der er hauptsächlich übersetzte, was das russische Heer im Landeskreis anstellte. Hier wurde Butter aus einer Molkerei entwendet, dort Mädchen vergewaltigt und auf anderen Stellen Sachen entwendet. Schafe wurden abgeholt, Schweine weggenommen und noch vieles mehr. Die Menschen konnten sich nicht wehren.

Täglich kamen viele Beschwerden rein und Heinz übersetzte sie ins Russische. Der Landrat musste dem russischen Kommandanten täglich Bericht erstatten. Heinz arbeitete mit deutscher Genauigkeit. Die Schimpfwörter ließ er aus, ansonsten übersetzte er bis ins kleinste Detail. Doch der Kommandant sah sich diese Klagen meist nur knapp an. Dann schrie er: „Das will ich nicht wissen! Die Soldaten dürfen so etwas nicht tun, und wenn es doch geschieht, seid ihr selbst schuld daran. Ihr müsst euch verteidigen, dann werden sie es nicht mehr machen."

Doch der Kommandant hatte gut reden. Die Realität sah nicht so aus. Es gab immer wieder Deutsche, die sich wehren wollten. Da wurde kurzer Prozess gemacht. Es wurde geschossen. Alles verübten die Russen unter Drohung mit der Pistole.

Etwa acht Monate lang war Heinz in dieser Arbeit sicher. Doch dann wurde es auch für ihn zu heiß. Er bekam mit, dass man ihn zurück nach Russland schicken wollte. Ein russischer Hauptmann, mit dem er sich in diesen Monaten bekannt gemacht hatte, teilte es ihm mit. Er nahm ihn zur Seite und sagte zu Heinz: „Fahr nur nicht nach Russland zurück, dich macht man zum Schuldigen und es gibt kein Entrinnen. Ich war vor kurzem in Moskau auf Urlaub, da kann man leichter umkommen als leben bleiben und wer bis nach Deutschland gekommen ist, egal wie, und wenn als hergebrachter Zwangsarbeiter, der kommt sowieso ins Straflager nach Sibirien!"

Heinz bekam eine Gänsehaut. Was sollte er tun? Vor den Russen tat er so, als bereite er seine Reise nach Russland vor. Zu seinen Verwandten wolle er fahren, sagte er, wenn man ihn fragte. Doch im Geheimen planten sie seine Flucht. Der Landrat half ihm dabei. Heinz wurde zur Westgrenze gefahren und durch Beihilfe bekannter Bahnangestellter über die Grenze gebracht.

Lange Zeit hatte Heinz keine enge Beziehung mit Gott gehabt. Sein Glaube, den die Eltern ihn in der Kindheit trotz Verbot des Staates vermittelt hatten, war ganz abgeflaut. So viel Schlimmes hatte er seit Beginn des Krieges erlebt. Mit Gott hatte er wenig gesprochen in diesen Zeiten. Doch auf dieser Flucht schrie er in seiner großen Angst immerfort um Hilfe zu Gott. Er wusste: Wenn diese Flucht nicht klappt, dann käme er zurück nach Russland. Es überstieg seiner Vorstellungskraft, was dann mit ihm passieren würde. Schon nur beim Gedanken daran, wurde ihm unwohl. Zu viel hatte er in den letzten Monaten gesehen.

Diese Flucht musste einfach klappen!

...

Gott brachte Heinz in Sicherheit. Er gelangte nach Bielefeld und bekam durch Vermittlung Zuzugsgenehmigung und auch Arbeit. Arbeit gab es genug. In den zerbombten Gegenden musste aufgeräumt, die Ziegel abgeklopft und zum neuen Aufbau verwendet werden.

Heinz war in Sicherheit. Doch Nacht für Nacht verfolgten die Russen ihn in seinen Träumen. Er wachte stets schweißgebadet auf, bevor die Russen ihn im Traum ergriffen hatten. Und jedes Mal war er dankbar, dass es nur ein Traum gewesen war. Oft fragte er sich nach so einer Nacht: Werde ich jemals von den Russen loskommen?

An einem Sonntagnachmittag im Mai 1946 kam er am Rathaus vorbei und sah eine Gruppe uniformierter Personen zusammen stehen. Sie sangen ein Lied, das in Heinz wunderbare Erinnerungen aus seiner Kindheit hervorrief. „Ich weiß einen Strom, dessen herrliche Flut fließt wunderbar stille durchs Land, doch strahlet und glänzet sie, wie feurige Glut – wem ist dieses Wasser bekannt? O Seele, ich bitte dich komm und such diesen herrlichen Strom. Sein Wasser fließt frei und mächtiglich. O glaub, es fließet für dich."

Heinz blieb wie erstarrt stehen. In seinem Inneren zogen Bilder an ihm vorbei. Sein Vater saß auf seinem Stuhl und sang; Heinz bei ihm auf dem Schoß. Seine Mutter saß daneben und flickte Kleider. Seine Geschwister waren alle im Kreis versammelt und sangen mit. Diese Melodie, an den Text konnte Heinz sich nicht mehr erinnern, weckte so viele nostalgische Gefühle in ihm. Sein Heimatdorf Alexanderwohl, seine Eltern und Geschwister, die prächtigen Apfelbäume. So vieles kam plötzlich hoch. Seine Bekehrung mit acht Jahren. Der Vater, der ihnen heimlich Geschichten aus der Bibel vorlas.

All dies lief vor Heinz inneres Auge ab. Für Heinz war es, als sei die Zeit stehen geblieben. Ohne davon Kenntnis zu nehmen, liefen die Tränen in Strömen über Heinz Gesicht. Er erkannte plötzlich seine Lauheit. Über all die Jahre hatte er gewusst, dass es einen Gott gab.

Aber er hatte keine Beziehung zu ihm gehabt. Hier in Bielefeld vor dem Rathaus stand er nun vor der Gruppe der Heilsarmee und erlebte tiefe Momente.

Aber nicht nur das war es, was Heinz von Herzen weinen ließ. Er dachte auch an seine Eltern und Geschwister. Wo sie wohl waren? Er vermisste sie schmerzlich. Ob sie noch lebten? Würden sie sich irgendwann alle wiedersehen? Heinz fragte sich in diesem Moment, warum Gott gerade ihn aus Russland herausgeholt hatte und die anderen nicht. Sonderbar? Auf jeden Fall fand Heinz in diesem Moment, dass es wunderbar war. Wunderbar, dass er in Sicherheit und dass er gesund und am Leben war. Er hatte zwar immer noch ein steifes Knie und benutzte für längere Strecken Krücken. Aber Schmerzen hatte er nicht. Sonderbar, aber wunderbar hat Gott mein Leben geführt, dachte Heinz in diesem Moment auf dem Rathausplatz in Bielefeld. In tiefer Dankbarkeit und Demut dankte Heinz Gott von ganzem Herzen für sein Leben und für Gottes Führung bisher.

Nah an der holländischen Grenze arbeitete seine Kusine Anna Schroeder. Zu ihr hatte er schon einige Male Kontakt gehabt. Sie war gläubig. Zusammen mit ihr besuchte er eine mennonitische Gemeinde in Gronau, die sie herzlich aufnahm. Im Juni 1947 machte Heinz als 27-Jähriger seinen Glaubensstand klar. Er ließ sich taufen und bekannte öffentlich, dass Jesus Christus Herr über sein Leben geworden war.

VIII.

Beim Rest der Familie war in diesen Jahren, wo Heinz in Deutschland Sicherheit fand, viel passiert. Johann war im Juni 1945 in Sibirien im Alter von 62 Jahren gestorben. Sein Leben war gekennzeichnet von Trauer, Hunger, Frost, Krankheit, Demütigung und Erniedrigung. Er starb in Ungewissheit darüber, was mit seinen Söhnen David, Gerhard, Abram, Hans und Heinz passiert war. 33 Ehejahre hatte Gott Johann und Anna geschenkt. Sie hatten zueinander gehalten, egal wie die Zeiten waren.

Greta hatte es in dieser Zeit am schlimmsten erwischt. Aus dem Dorf, wo sie gearbeitet hatte, waren alle Frauen zwischen 16-50 Jahren in die Trudarmee eingezogen worden, so nannte Stalin seine Arbeitsarmee. Nur diejenigen, die ein Kind unter zwei Jahren hatten, durften zurückbleiben. Es gab Frauen, die von acht Kindern losgerissen wurden. Sie weinten, schrien, tobten. Alles half nichts. Sie mussten mit. Es schien so, als ob die Beamten keine Menschen waren, sondern gefühllose Roboter, die nur die Befehle von oben ausführten.

Die Kinder mussten dann von Verwandten betreut werden. Und wer keine Verwandte hatte, da wurden die Kinder ins Heim gesteckt. Viele größere Kinder gingen betteln und kamen oft irgendwo um. Wie grausam die Menschheit doch sein konnte.

Beinahe hätten sie Tochter Anna auch mitgenommen. Doch Hansi war noch nicht zwei Jahre alt, deshalb durfte sie bleiben. Auch Greta versuchte zurückzubleiben. „Ich leide an Rheuma und habe ein schwaches Herz", sagte sie dem Beamten. „Da wo du hinkommst, ist keiner krank. Da können alle arbeiten", antwortete dieser nur und grinste höhnisch. Unglaublich, welche Gräueltaten es gab. Es war einfach nicht zu fassen, was hier geschah. Die Wahrheit war, man wollte alle Deutschen ausrotten. Als ob diese deutschen Siedler in Russland für den Krieg verantwortlich wären.

Es war mitten im Winter, als sie geholt wurden. Anna gab Greta noch ihren Mantel mit, denn sie hatte keinen. In einem großen Rajonzentrum wurden alle deutschen Frauen versammelt. „Was machen sie mit uns?", hörte Greta eine andere Frau fragen. „Keine Ahnung", sagte eine andere. „Ich weiß nur, dass uns nichts Gutes erwartet." Etwa 100 Frauen hatten sich versammelt und wurden von bewaffneten NKWD Leuten begleitet. Viele Frauen weinten, einige fluchten und andere starrten einfach mit leeren Augen vor sich hin.

Es schneite. Die Frauen mussten 100 Kilometer im hohen Schnee zu Fuß gehen. Greta hatte furchtbare Schmerzen in ihrem rechten Fuß. Doch Erbarmen gab es nicht. Sie weinte und stapfte weiter. Bis zum Knie im Schnee. Sie spürte ihre Beine nicht mehr. Das Gehen lief nur noch mechanisch ab.

Nach diesem Fußmarsch waren sie noch wieder fast zwei Wochen mit dem Zug gereist. Sie kamen in ein Arbeitslager an der Wolga. Ihre erste Arbeit war hier, lange und tiefe Gräben, wo dicke Rohre drinnen lagen, zuzuschütten. Die Erde mussten sie erst mit Keilen loshacken und dann mit Spaten die Gräben zuschütten. Müßig stehen war nicht erlaubt. Sie hatten ihre Norm, die sie täglich schaffen mussten. Um 6 Uhr morgens mussten sich alle auf dem Hof versammeln. Jede von ihnen wurde aufgerufen zu antworten. Und dann wurden sie an die Arbeit getrieben. Von um 7 Uhr morgens bis 7 Uhr abends mussten sie arbeiten. Auf Wetter wurde nicht geachtet. Egal ob Sturm, Regen oder Schnee, alle mussten immer arbeiten.

Das Essen war knapp. „Eine Katze frisst mehr, als wir zu essen bekommen", so hatte Gretas Bettnachbarin geschimpft. Und sie hatte ganz Recht damit. Sie erhielten einen halben Schöpflöffel dünner Suppe ohne Fett mit einem Stückchen Kartoffel, vier bis fünf Erbsen oder zwei Nudeln. Dann gab es noch einen Esslöffel Hirse- oder Hafergrütze. Morgens gab es ein Stück schwarzgebranntes Brot. Das musste für den ganzen Tag für die schwere Körperarbeit reichen.

Des Abends legten die Frauen ihre nassen Stiefel, wenn sie denn welche hatten, auf den Ofen, töteten Läuse und gingen ganz erschöpft und hungrig auf dem harten Lager schlafen. Sie magerten immer mehr ab. Die Lage wurde immer härter.

Oft lag Greta nachts im Bett und dachte verzweifelt: Was haben wir verschuldet, dass wir so leiden müssen? Ist es alles nur, weil wir Deutsch sprechen? Nur deshalb wollen sie uns ausrotten und zu Tode quälen? Kein Hoffnungsstrahl auf bessere Zeiten. Was wohl die anderen machen? Leben die Eltern und Geschwister noch? Werden wir uns eines Tages alle wiedersehen?

Doch neben dem Heimweh und der Verzweiflung plagten ihr auch noch die Schmerzen. Ihr Fuß war dick geschwollen und schmerzte sehr. Sie konnte fast nicht auftreten. Oft dachte sie, dass sie einfach zusammenbrechen könnte. Der Schnee würde sie bedecken und niemand wüsste, wo sie geblieben wäre. Im Frühling würde man irgendwann ihre Leiche finden, wenn nicht die Wölfe schon vor den Menschen da wären.

Doch Gott hatte einen anderen Plan mit Greta. Er erhielt sie am Leben. Seine unsichtbare Hand trug sie durch diese schwere, unerträgliche Zeit. Denn er hatte mit Greta noch mehr vor. In diesen Zeiten kam ihr öfters das Kinderlied in den Sinn, das ihr Vater oft mit ihnen gesungen hatte: „Weil ich Jesu Schäflein bin". In der dritten Strophe hieß es so: „Sollt ich denn nicht fröhlich sein, ich beglücktes Schäfelein. Denn nach diesen schönen Tagen, werd ich endlich heimgetragen, in des Hirten Arm und Schoß. Amen, ja mein Glück ist groß." Greta konnte wohl nicht von schönen Tagen sprechen. Aber der Teil wo es hieß „…heimgetragen in des Hirten Schoß…", der tröstete sie stets. Sie stellte sich vor, wie sie nach all ihrem Leiden irgendwann in Jesu Schoß sein würde. Das gab ihr die Kraft, wieder aufzustehen und weiterzumachen.

IX.

Durch die Gemeinde in Gronau erfuhr Heinz, dass es in Gronau ein Flüchtlingslager für Russland-Deutsche Mennoniten gab. Das MCC hatte nach Schluss des 2. Weltkrieges unter Leitung von C. F. Klassen und Peter und Elfrieda Dyck damit begonnen, Flüchtlinge zu suchen und zu sammeln. Viele Flüchtlinge, besonders in Berlin und im gesamten Osten Deutschlands, standen in Gefahr, wieder in die Sowjetunion zurückgeschickt zu werden. Die MCC Arbeiter setzten sich unermüdlich dafür ein, dass die Flüchtlinge in die Lager kamen.

So gab es nun auch in Gronau ein Flüchtlingslager. Heinz besuchte es. Es gab große Hallen, in denen Tausende Flüchtlinge Unterkunft fanden. Mit Decken trennten sie sich ihre Einzelräume ab. Geschlafen wurde in zweistöckigen Betten, um den Raum noch besser nutzen zu können. „Außer ihren Kleidern besitzen diese Flüchtlinge so gut wie nichts", sagte Siegfried Janzen, der Leiter des Lagers, zu Heinz. „Diejenigen, die eine eigene Bibel haben, schätzen sich glücklich. Etliche haben sogar noch einige Fotos von ihrem Hof und ihrer Familie in Russland. Mehr ist nicht da." Heinz hatte aufmerksam zugehört und beobachtet. Die meisten sahen bedrückt und doch gleichzeitig erleichtert aus. Sie haben wohl noch Schwereres durchgemacht als ich, dachte er bei sich. Er war ja größten Teils im Schutz der deutschen Armee nach Deutschland gekommen. Damit gehörte er zur

Ausnahme. Die meisten waren monatelang entweder mit dem Zug oder mit Pferdewagen in den Westen geflüchtet, die Front immer im Nacken. Sie hatten liebe Verwandte am Rande des Weges liegen gelassen. Zeit für Beerdigungen hatte es nicht gegeben. Man musste nur sehen, dass man seine eigene Haut rettete.

In den Gesichtern sah Heinz Furcht, Hunger, Erniedrigung, Verzweiflung – und gleichzeitig Hoffnung, dass sich ihr Leben nun zum Guten wenden würde. Das Bild der vielen Flüchtlinge, die alle Plattdeutsch sprachen, ließ ihn in den nächsten Wochen nicht mehr los. Insgeheim dachte er auch oft: Es besteht doch die Möglichkeit, dass ich in einem dieser Flüchtlingslager irgendjemanden aus meiner Familie antreffe. Und er stellte sich vor, wie es wäre, wenn er seine Eltern oder seine Geschwister wiedersehen würde. Es wäre zu schön, um wahr zu sein.

Beim nächsten Besuch im Lager fragte er Herrn Janzen: „Gibt es eine Möglichkeit, dass ich auch zu euch ins Lager ziehe?" Der Lagerleiter überlegte kurz und sagte dann zu Heinz: „Weißt du Heinz, du hast in Bielefeld schon deine Wohnung und deine Arbeit. Bei uns klopfen täglich Leute an, die keine Unterkunft haben. Ich denke, du bleibst lieber wo du bist."

Das leuchtete Heinz natürlich ein. Er fuhr zurück nach Bielefeld. Doch bald schon erfuhr er durch Gemeindegeschwister, dass den Flüchtlingen die Möglichkeit einer Auswanderung offen stand, und zwar nach Paraguay. Eigentlich war die erste Wahl aller Flüchtlinge Kanada gewesen. Doch Kanadas Einwanderungsgesetze waren sehr selektiv. Da Heinz so viele Jahre an Tuberkulose gelitten und diese ihn zu einem Krüppel gemacht hatte, kam Kanada für Heinz sowieso nicht in Frage.

Bereits am 1. Februar 1947 war der erste Transport nach Paraguay abgefahren. Auf dem Schiff *Volendam* waren mehr als 2.000 Personen in das Südamerikanische Land gebracht worden. Paraguay nahm seit 1926 bedingungslos Mennoniten auf; Kranke, Alte, geistig Behinderte – alle durften sie einwandern.

Bei einem weiteren Besuch im Flüchtlingslager in Gronau unterhielt Heinz sich mit einem anderen Junggesellen, Walter Koop. Thema Nummer eins war die Auswanderung. „Ich weiß nicht, Paraguay? Was sollen wir in diesem Land? Peter Dyck hat gesagt, dass es dort heiß und trocken ist. Wasser soll eine Rarität sein. Anstatt Kartoffeln isst man da irgendeine Wurzel, Mandioka." Koop war nicht gerade begeistert von Paraguay. Heinz argumentierte: „Tja, es mag sein, dass die Lebensumstände äußerst schwierig sind. Aber ich habe Angst davor was passiert, wenn wir hier in Deutschland bleiben. Der kalte Krieg kann in einen heißen umschlagen. Wenn die Russen dann Deutschland überrennen, ist es um uns geschehen." Noch lange saßen sie da und wogen das Für und Wider einer Auswanderung ab.

Heinz selber war sich auch nicht so sicher, was er sollte. Er war nun bereits anderthalb Jahre in Bielefeld und Brackwede, hatte eine gute Arbeit und auch Möglichkeiten in Aussicht, dass er ein Medizinstu-dium machen könnte. Die Lebensverhältnisse besser-ten sich langsam. Doch trotz der Aussichten auf eine gute Zukunft, saß ihm die Angst vor den Russen im Nacken.

Nach längerem Überlegen und vielem Gebet entschied er sich für die Auswanderung nach Paraguay. Er meldete sich bei Janzen im Gronau-Lager und dieser setzte ihn auf die Liste.

•••

Es war Ende Februar 1948. In Gronau herrschte Hochbetrieb. Die *General Stuart Heintzelmann* war im Bremerhaven startbereit. Eine internationale Flüchtlingsorganisation hatte das Schiff gechartert und würde es auch finanzieren.

Am 25. Februar früh morgens wurden die Passagiere von Gronau nach Bremerhaven transportiert. Elfriede Dyck, die MCC-Arbeiterin, war bereits seit einem Tag vorher an Bord fleißig gewesen, um alles für die Flüchtlinge vorzubereiten. Die Einschiffung lief reibungslos ab. Gegen 16 Uhr lichtete die *Heintzelmann* ihre Anker. An Bord 860 Passagiere. 860 Menschen, die schlimme Zeiten hinter sich hatten. 860 Menschen, die alles verloren hatten und nun ihre Karten auf eine neue und bessere Zukunft in Paraguay setzten.

Heinz beobachtete, wie Elfrieda Dyck an der Reling stand und ihrem Ehemann Peter zuwinkte. Sie würde mitfahren bis nach Buenos Aires, während ihr Mann in Deutschland bleiben würde, um noch mehr Flüchtlinge zu sammeln und den nächsten Transport nach Südamerika zu organisieren. Was für eine mutige Frau, dachte er bei sich. So viel hatte er schon von den Dycks gehört. Sie hatten ihr Leben ganz dem Dienst im MCC gewidmet. Man hörte, wie sie des Öfteren ihr eigenes Leben riskierten, um Flüchtlingen zu helfen. Von einem Flüchtling hatte Heinz gehört, dass Peter Dyck ihn im Kofferraum seines Autos aus der Gefahrenzone herausgebracht hatte. Unermüdlich seien sie am Werk, so hieß es immer, wenn man von Peter und Elfrieda sprach.

Neben Heinz stand eine ältere Frau. Auch sie hatte das Ehepaar Dyck beobachtet. „Wir schulden ihnen eine Menge", sagte sie zu Heinz. „Nein, wir schulden ihnen alles", verbesserte sie sich selber. „Ohne sie wären wir längst von den Russen zurückgeschleppt worden."

Heinz wurde nachdenklich. Am Horizont wurde der Hafen immer kleiner. Er hatte gemischte Gefühle. Er freute sich auf ein Leben in Sicherheit. Aber trotzdem wurde er nun, da er den europäischen Kontinent verließ, doch etwas melancholisch. Die große Frage, die ihm auf dem Herzen brannte, war: Werde ich meine Lieben irgendwann noch mal wiedersehen? Jetzt fahre ich noch weiter weg von ihnen. Weiter fragte er sich: Welche Chancen hätte er in Deutschland gehabt, als Arzt zu studieren und in seinem Traumberuf zu arbeiten? Beim Abschied hatte Peter Dyck ihn zur Seite genommen und gesagt: „Epp, Sie haben einen Beruf. Nutzen Sie diese Chancen und arbeiten sie drüben in der neuen Heimat als Mediziner!" Heinz hatte darauf nicht viel gesagt. Aber diese Worte begleiteten ihn noch lange.

Wie alle anderen auch, winkte Heinz noch einmal zum Abschied und begab sich dann von der Reling weg. Und wie seine Mutter einst, dachte auch er: Sonderbar, dass Gott gerade mich von meinen elf Geschwistern aussuchte, dass er gerade mir die Freiheit schenkt, während alle anderen in Russland bleiben. Sonderbar, aber wunderbar! Gott hatte ihn ausgesucht. Ich will diesen Weg gehen, den Gott für mich vorbereitet hat, nahm Heinz sich vor und blickte mutig in die Zukunft.

•••

Anna saß in ihrem kleinen Zimmer und dachte an all ihre Lieben. Liese war bei ihr. Ihre Jüngste, die mittlerweile auch schon 18 Jahre alt war, war in ihrem Leben meist nur krank gewesen. Auch ihre Älteste mit ihrem Enkel und Jascha waren in ihrer Nähe. Das war das, was Anna von ihrer Familie geblieben war. Johann war nach seinem Lageraufenthalt nie mehr so richtig auf die Beine gekommen. Er hatte sich nicht erholt und war im Juni 1945 gestorben. Von Gerhard hatte sie inzwischen eine Nachricht bekommen. Er war in der Trudarmee und arbeitete hart. Gesehen hatte sie ihn allerdings noch nicht seit Weihnachten 1940. So war es auch mit Hans. Sie wusste, dass er lebte. Mehr auch nicht. Greta war immer noch in der Trudarmee. Zwischendurch durfte sie Anna besuchen. Die schwersten Arbeiten musste sie verrichten, viele Entwürdigungen ertragen. Von David, Abram und Heinz hatte sie nie mehr etwas gehört. Wo waren sie? Waren sie bereits erschossen worden? Arbeiteten sie irgendwo im hohen Norden unter unmenschlichen Bedingungen? Sie hatte keine Ahnung. Und wahrscheinlich würde sie auch nie etwas erfahren.

Und sie selber wurde immer älter, schwächer und kränker. Oft fragte sie sich, wann Gott ihr Leiden beenden würde. Doch noch war sie da. Noch betete sie täglich für ihre Lieben, wo immer sie waren und was immer sie taten. Beten, das konnte sie noch!

•••

Am 13. März war es, als die *Heintzelmann* in den Hafen von Buenos Aires einfuhr. 17 Tage Fahrt lagen hinter ihnen. Die Reise war gut verlaufen. Die Passagiere, die unter 50 Jahre alt und die dazu in der Lage waren, hatten auf dem Schiff mitanpacken müssen. Schlafquartiere reinigen, im Maschinenraum, in der Wäscherei, der Küche oder dem Speiseraum hatten sie gearbeitet. Einige hatten unterrichtet oder Wachdienst geleistet. Heinz hatte Elfrieda Dyck im Büro geholfen. Sie hatten die Passagierliste des Öfteren abtippen müssen und verschiedene andere Arbeiten erledigt.

Nun wurde der argentinische Hafen immer größer vor ihnen. Die gesamte Passagiergruppe befand sich an Deck. Irgendwo stimmte einer von ihnen das Lied „Großer Gott wir loben dich" an. Alle stimmten kräftig mit ein. Es war ein großer Gott, der sie aus Russland rausgebracht hatte. Und dieser große Gott würde ihnen auch helfen, hier in der Ferne ein neues Zuhause zu finden.

X.

Heinz saß vor seiner kleinen Hütte. Wohin er schaute nur hohes Bittergras und Gestrüpp. Die Sonne brannte auf die Erde nieder. Einige Stunden lang hatte er hart gearbeitet. In dieser Zeit hatte er einen einzigen Baum gefällt. Nun machte er eine kleine Pause. Er rieb sich sein Knie. Diese Arbeit war einfach zu schwer für ihn als Krüppel. Aber was sollte er machen? Wenn er hier überleben wollte, musste er wohl oder übel Bäume roden und einen Platz zum Anpflanzen vorbereiten.

Seit etwas mehr als zwei Monaten waren sie nun auf dem neuen Siedlungsland. Es war Ende August. Kalendarisch hatten sie Winter. Doch es war so heiß, wie es von den Siedlern niemand kannte. Und es wehte ein heftiger Wind aus dem Norden. Peter Dyck hatte schon in Deutschland gesagt, dass die Aussichten nicht rosig waren. Es sei heiß und trocken, und das Wasser sei rar. Ebenso Weizen und Kartoffeln. Es gäbe Heuschrecken, die Felder und Gärten zerstörten. Dyck hatte mit offenen Karten gespielt. Damals hatten die meisten gedacht: Egal, Hauptsache nur weg aus Deutschland, weg aus den Gefahren, weg vom Russen. Doch nun, wo sie in dieser Realität wohnten, waren die Umstände doch ziemlich deprimierend.

Von Buenos Aires waren sie mit einem kleineren Schiff den Paraguayfluss hochgefahren bis zum Hafen Casado.

Auf diesem Dampfer waren auch einige Friesländer Männer gewesen. Sie waren Ende der 30er Jahre zurück nach Deutschland gereist, um dort eine Ausbildung zu machen. Doch statt weiter zu lernen, waren sie unverzüglich in die Armee eingezogen worden, da sie Deutsche waren und die Deutschen Krieg führten. Einige von den jungen Männern waren gefallen, einige wurden vermisst und einige anderen waren verwundet worden und kehrten nun zurück zu ihren Familien. Im Hafen von Rosario waren sie von ihren Angehörigen herzlich begrüßt worden. Auch die, die in die Kolonie Volendam wollten, waren hier abgestiegen.

Der Rest war auf dem Flussdampfer geblieben und bis zum Hafen in Casado gefahren. Dort waren sie in den Paraguayischen Zug gestiegen, der sie bis zur Endstation bringen würde. Das war eine Fahrt gewesen! Schlimmer als mit einem Ochsenwagen. So langsam war der Zug gefahren, und immer wieder hatte er gehalten. Viele von den jüngeren Menschen waren zwischendurch abgesprungen und waren neben dem Zug gegangen. 14 Stunden hatten sie für die 145 Kilometer gebraucht.

Die Endstation nannte man auch Fred Engen. Engen war ein Norweger, der das Land für die mennoni-tischen Siedlungen ausgekundschaftet hatte. Alle Fracht vom Hafen in Casado wurde bis zur Station mit dem Zug gebracht. Und umgekehrt brachten alle Siedler ihre Waren bis hier. Auch der gesamte Personenverkehr ging über diese Station. Es war die einzige Möglichkeit, nach Asunción zu kommen.

Auf der Endstation befanden sich ein Haus und ein großer Schuppen. Es waren viele Menschen mit Wagen da gewesen. Aus den zwei Kolonien Menno und Fernheim, die es im Chaco bereits gab, waren Leute gekommen, um die Flüchtlinge zu holen. Es waren ganz interessante Gefühle gewesen, hier in dieser Wildnis auf Menschen zu treffen, die auch Plattdeutsch sprachen.

„Welkome en Paraguay, en diese jreune Hall", hatte Johann Schroeder aus Menno gesagt, der Heinz und noch drei weitere Junggesellen einlud, auf seinen Wagen mit den weißen Pferden zu steigen. Bei diesem Herrn waren Heinz und einer der anderen Männer dann auch untergebracht worden. Wilhelm Horn hieß er. Horn war verheiratet gewesen. Zusammen mit seiner Frau war er nach Deutschland geflüchtet. Doch in Deutschland waren sie durch einen unglücklichen Zustand voneinander getrennt worden. Aus einer sicheren Quelle wusste Horn, dass seine Frau zurück nach Russland geschickt wurde. Er hatte keine Ahnung, wo sie war und ob sie überhaupt noch lebte. Er hatte nie wieder etwas von ihr gehört.

Was Heinz in den nächsten Tagen auf der Reise in die Kolonie Menno erlebte, hatte er noch nie gesehen. Busch und wieder nur Busch. Anfangs waren sie noch über größere Palmkämpe gefahren. Doch dann war der Wald immer dichter geworden. Johann Schroeder hatte sie aufgeklärt: „Das sind Quebrachobäume, und dort", hatte er auf prächtige Bäume gezeigt, „das sind Palosantobäume." Und nach einiger Zeit war das Unterholz immer stacheliger geworden. „Und dies sind Kakteen", hatte er erklärt und hatte mit dem Buschmesser und dem Beil den Weg etwas freigemacht, um überhaupt vorwärts zu kommen. „Können wir nicht einfach rumfahren?", hatte Horn gefragt. Schroeder hatte nur gelacht. „Hier ist überall so viel Kaktus voller Widerhaken; da hilft rumfahren nichts. Die Kakteen werden nur noch größer."

So hatten die Flüchtlinge die ersten Monate in der Kolonie Menno gewohnt. Ihre Dörfer und Hofstellen mussten erst vermessen werden. In dieser Zeit hatten sie viel Neues dazugelernt. Es war ja alles so fremd. Heinz hatte viel über Feldfrüchte, Feldarbeit, Klimaverhältnisse, über den Busch und sein Nutzholz und über Tiere und Vögel kennen gelernt. Die ganze Lebensweise der Mennos hatte ihn beeindruckt. Johann Schroeder war arm. Mit seiner Frau und mehreren Kindern wohnte er in einem kleinen Häuschen im Dorf Schöntal. Ihre armen Verhältnisse hatten die Familie nicht davon abgehalten, noch zwei von den Flüchtlingen aufzunehmen. Es war sehr eng gewesen in dem kleinen Haus, doch die Liebe, Wärme und die Gastfreundschaft der Gastgeber hatte die Enge in den Hintergrund gedrängt.

Schroeders waren gerade bis zur Baumwollernte gewesen. Alle hatten mit angepackt, auch Heinz und Horn hatten fleißig beim Pflücken geholfen. Abends nach getaner Arbeit hatte sich die ganze Familie am Feuer versammelt und Heinz hatte mit den Kindern gesungen. „Ich staune, wie du singen kannst. Und du kannst so viele Lieder", hatte Schroeder nicht nur einmal gesagt. Dann hatte Heinz immer von seinem Vater erzählt und wie er mit ihnen gesungen hatte. Heinz Herz wurde in solchen Momenten schwer. Er sehnte sich nach seinen Eltern, nach seinen Geschwistern – ja er sehnte sich nach seinem Heimatland Russland, auch wenn er so viel Schweres durchgemacht hatte. An solchen Abenden fühlte er sich einsam und fragte sich, ob er in der Ferne so als Einziger aus seiner Familie jemals glücklich werden würde.

Drei Monate hatte er die Gastfreundschaft der Familie Schroeder genossen. Sonntags war Heinz meistens mit ihnen mitgefahren zum Gottesdienst in Osterwick. Heinz hatte ja noch nicht viele Gottesdienste erlebt, aber die Gottesdienste in Osterwick waren so ganz anders, als er es kannte. Der Prediger las die Predigten aus einem alten Predigtbuch vor. Es gab keinen Chor wie sein Vater ihn in Alexanderwohl gehabt hatte. Gesungen wurde nur mit der ganzen Versammlung, und zwar einstimmig, langsam und schleppend. Doch die Gedanken, die er in diesen Gottesdiensten mitbekam, waren biblisch und Heinz konnte an jedem Sonntag etwas für sein geistliches Leben mitnehmen. Einmal jedoch musste er sich böse Blicke einstecken. Er sang nämlich bei einem Lied die zweite Stimme. Doch schon mitten im Lied merkte er, dass es wohl nicht angebracht war und sang lieber die erste Stimme weiter.

Mitte Juni hatte man dann aus der Siedlung gemeldet, dass die Grundstellen und die Kämpe für die Dörfer vermessen worden waren. Gronau, so hatten die Siedler ihr Dorf bereits auf der *Heintzelmann* genannt. „So wie unser Lager in Deutschland", hatte eine Frau gesagt. Alle Siedler kamen ursprünglich aus der Molotschna-Kolonie in Russland. Das Dorf zählte 36 Höfe. Es zog sich ziemlich in die Länge, weil die Hofstellen nur an einer Seite der Straße waren. An der anderen Seite war Wald. Da konnten die Siedler Brenn- und Bauholz finden. So einiges hatten die Mennos ihnen in Bezug auf die verschiedenen Hölzer erklärt. Immerhin waren sie bereits 20 Jahre hier und hatten schon vieles kennen gelernt.

Johann Schroeder hatte ihnen die verschiedenen Hölzer gezeigt und erklärt: „Gelbe Quebracho ist gut für Bauholz, Palo Santo gibt gute Zaunpfosten, Palo Blanco und Urundey ist gutes Holz für Fensterrahmen und Rote Quebracho gibt gute Bretter für die Brunnenverschalung." Schroeder hatte auch noch mehr Hölzer und ihre Nutzen genannt, doch Heinz hatte sich nicht alles merken können.

Johann Schroeder brachte seine beiden Flüchtlingsjungen, wie er sie gerne nannte, selber auf das neue Land. Und damit bildete er keine Ausnahme. Die meisten Familien wurden von ihren Gastgebern auf ihr Land gebracht. Aber noch mehr, die Mennos und Fernheimer nahmen sich besonders der vaterlosen Familien an und packten kräftig beim Bau der ersten Unterkunft mit an.

Heinz und Horn hatten als Alleinstehende eine halbe Wirtschaft zugeteilt bekommen. Das waren sechs Hektar. Als allererstes hatten sie sich eine kleine Hütte gebaut, die sie vor Wind und Regen schützen sollte. Doch geregnet hatte es bisher noch nicht. Schroeder hatte ihnen noch geholfen und war dann zurück nach Menno zu seiner Familie gefahren. Heinz war der Abschied sogar etwas schwergefallen. Er hatte diesen einfachen und ehrlichen, von Herzen aufrichtigen Mann wirklich sehr schätzen gelernt.

Die allererste Herausforderung war für die Siedler die Wasserversorgung gewesen. Zwei Brunnen wurden bereits gegraben, doch sie stießen nur auf Salzwasser. Deshalb mussten sie Trinkwasser in der ersten Zeit aus dem Nachbardorf Großweide holen. Das waren täglich so ungefähr drei Kilometer hin und zurück. Und manchmal sogar des Nachts, weil der Brunnen auch nicht immer für alle gleichzeitig Wasser lieferte. Für Heinz war es sehr schwer. Auch die Arbeit im Wald schaffte er fast nicht. Horn beobachtete ihn des Öfteren und sagte dann zu ihm: „Ich weiß nicht, wie du hier überleben willst. Du bist kein Bauer. Du mit deinem steifen Bein, das schaffst du nicht."

Das wusste Heinz auch, aber was sollte er tun? Ihm klangen immer noch die Worte im Ohr, die Peter Dyck ihm zum Abschied gesagt hatte: „Du hast einen Beruf, Epp, nutze ihn dort drüben." Tja, aber wo? Im Moment waren die Möglichkeiten noch nicht da.

•••

Heinz und Horn bauten auf ihrem Hof zuerst ein kleines Häuschen für Horn; drei auf fünf Meter. In der ersten Zeit wohnte Heinz bei ihm. Für das Haus mussten Erdziegel gestrichen werden. Das war harte Arbeit. Und Heinz hatte davon so wenig Ahnung, aber das hatte hier schließlich niemand. Alle halfen sich gegenseitig. Die Wände wurden mit Lehm verschmiert. Das Haus wurde mit gebundenen Grasbüscheln gedeckt.

An einem Abend, nach einem unendlich langen Arbeitstag, saßen Horn und Heinz auf ihrem Hof und ließen die letzten Tage Revue passieren. Es hatte etwas geregnet am Wochenende und sie hatten ihr Saatgut, das sie von Johann Schroeder in Menno zum Abschied bekamen, in die Erde gebracht. „Wenn ich an die Erdnüsse, die Kürbisse und den Mais denke, dann bekomme ich jetzt schon Hunger", sagte Horn. Auch ihre Stecklinge für Mandioka und Süßkartoffeln hatten sie gepflanzt. Sie hatten sogar ein Apfelsinenbäumchen von Schroeders erhalten. Hier in Paraguay wuchsen weder Äpfel noch Birnen. Aber dafür Mandarinen und Apfelsinen. Heinz musste sich an den Geschmack erst noch gewöhnen, aber eine gute Abwechslung auf dem Speiseplan waren die Zitrusfrüchte auf jeden Fall.

Sie waren noch dabei, ihre Arbeit der letzten Tage zu bewerten, da sagte Horn auf einmal zu Heinz: „Heinz, du solltest langsam Ausschau nach einem Fräulein halten. Du willst doch bestimmt nicht immer hier mit mir alleine bleiben, oder?" Heinz starrte seinen Freund an. Irgendwie hatte er sich mit diesem Gedanken noch gar nicht beschäftigt. Er sagte nicht viel zu Horn, aber der Gedanke begann ab diesem Moment immer öfters aufzutauchen. Leicht gesagt, dachte er bei sich, doch schwer getan. Großvater hatte unsere Großmutter, der Vater hatte die Mama gehabt. Doch er müsste jetzt eine völlig Fremde nehmen. Das schien ihm schwierig. Und dazu dachte er noch: Wer wird einen Krüppel wie mich wollen?

Etwas später fragte Heinz seinem Freund Horn: „Wie ist es eigentlich mit dir? Du hast auch keine Frau. Denkst du daran, dir eine andere zu nehmen?" Damit hatte Heinz einen wunden Punkt angerührt. In der Siedlung waren beinahe ein Drittel der Frauen ohne einen Mann. Etwa 30 Männer waren ohne ihre Ehefrauen. Doch sie waren weder Witwen noch Witwer. Die meisten wussten nicht, ob ihr Ehepartner in Russland noch irgendwo lebte. Sollten sie für immer alleine bleiben? Verlangte Gott das von ihnen? Oder würden die Ehepartner vielleicht irgendwann nachkommen? So viele Fragen stürmten auf die Alleinstehenden ein. „Ich vermisse meine Lenchen sehr. Im Moment kann ich es mir noch nicht vorstellen, eine andere Frau zu heiraten." „Falls das überhaupt geht", fügte er nach kurzer Pause hinzu. „Aber ich weiß nicht, wie ich in einigen Jahren über diesen Punkt denken werde."

Sein Blick glitt in die Ferne und Heinz störte ihn nicht. Er ahnte, dass seine Gedanken zu seiner lieben Frau in Russland wanderten. Schließlich unterbrach Horn die Stille. Er sagte zu Heinz: „Du aber, du hast die Freiheit, dir eine Frau zu suchen. Tu das!"

An diesem Abend brachte Heinz sein Anliegen vor Gott. Er bat um eine liebevolle Frau, die ihn mit seinen körperlichen Defiziten so annehmen konnte, wie er war. Dafür betete er nun regelmäßig.

•••

Heinz und Horn hatten entschieden, einige Bekannte in Halbstadt zu besuchen. Gleichzeitig würden sie versuchen, im Lebensmittelgeschäft etwas Mehl und Reis zu kaufen. Es war eine schwierige Sache, an diese kostbaren Lebensmittel heranzukommen. Paraguay hatte soeben eine Revolution hinter sich. Das paraguayische Geld entwertete sich immer mehr. Dazu kam noch, dass es außerordentlich trocken war. Die Lebensmittelknappheit in der neuen Siedlung drohte in eine Katastrophe auszubrechen. Oft musste man wochenlang auf Mehl warten.

Heinz und Horn würden ihr Glück versuchen. Auf ihrem Ochsenwagen fuhren sie an einem Samstag in aller Frühe nach Neu-Halbstadt, dem Zentrum der Siedlung. Nachdem sie tatsächlich etwas Mehl bekommen hatten, hielten sie bei ihrem Bekannten Janzen an.

Janzen war schon etwas länger in der Siedlung. Er war mit der ersten *Volendam* nach Paraguay gekommen. Und zwar hatte er zu der Berliner-Gruppe gehört, die auf dramatische Art und Weise aus Berlin rauskam. Heinz hatte schon viel von den bewegenden Ereignissen Ende Januar 1947 gehört. Doch gern hörte er immer wieder zu. Es war nicht nur, dass er dann zu Dankbarkeit angeregt wurde. Das natürlich auch. Aber ihn interessierte einfach alles, was mit Geschichte zu tun hatte. Schon als kleiner Junge hatte er Geschichte gemocht, es war sein Lieblingsfach in der Schule gewesen.

Auch heute war bei Janzen wieder Hauptthema, wie sie aus Berlin raus und nur knapp auf die *Volendam* gekommen waren. Vor einiger Zeit hatte er zu Heinz gesagt: „Es geht mir hier manchmal so schlecht. Heiß und trocken, nichts wächst und so furchtbar arm. Doch wenn ich dann in der Gefahr stehe, in Selbstmitleid zu versinken, dann hol ich mir ein Bild von Stalin vor. Danach kann ich wieder von ganzem Herzen dafür danken, dass wir nach Paraguay gekommen sind."

Heinz saß ruhig da und hörte zu. „Wisst ihr", sagte Janzen zu den zwei Männern, „einige sagen, dass Peter Dyck und C. F. Klassen uns damals unter Druck nach Paraguay schickten. Das war nicht so, das sagen sie nur, weil sie unzufrieden sind. C. F. Klassen sagte in Berlin zu uns: ‚Stellt euch vor, es fahren zwei Schiffe – eines nach

Paraguay und das andere nach Kanada. Nach Paraguay fährt jetzt, das andere später. Auf welches Schiff würdet ihr gehen?' Tja, da mussten die meisten von uns nicht lange überlegen. Wir wollten so schnell wie möglich weg aus Deutschland, denn die Russen waren erschreckend nahe. Weg, und wenn nach Paraguay."

Janzen machte eine kurze Pause. Dann fuhr er fort: „Wir entschieden uns dann für Südamerika, etwas mehr als 900 Personen waren wir aus dem Lager Berlin. Doch fast klappte unsere Ausreise nicht. Wir waren schon beinahe abreisefertig, als Peter und Elfrieda Dyck uns die Nachricht überbrachten: ‚Wir dürfen doch nicht weg.' Irgendwelche hohen Beamten hatte die Erlaubnis zurückgezogen, da wir durch die russische Zone reisen mussten. Das war einfach zu riskant, so sagten sie. Doch nach langem Bangen und Beten erhielten wir letztendlich doch die Erlaubnis, Berlin zu verlassen. Die *Volendam* konnte in letzter Minute gestoppt werden, denn das Startsignal war bereits gegeben worden. Als man auf dem Schiff bekannt gegeben hatte, dass die Berliner Gruppe nun doch noch kommen würde, hatte es einen bewegenden Moment gegeben. Es war ein Jubeln und Beten ausgebrochen, so hat man es uns später erzählt."

Janzen erzählte noch weiter von der Schiffsfahrt, von der jungen Frau, die mitten im Ozean über Bord sprang, von dem Zeltlager in Buenos Aires und von den Abtrünnigen, wie er sie nannte. Eine Gruppe von Flüchtlingen hatte sich in der argentinischen Hauptstadt geweigert, weiterzureisen und war in Buenos Aires geblieben.

Heinz und Horn hatten nicht gemerkt, wie schnell die

Zeit vergangen war. Es war an der Zeit, den Rückweg anzutreten. Sie mussten immerhin noch fast 20 Kilometer zurück bis Gronau fahren.

Horn und Heinz verabschiedeten sich von ihrem Gesprächspartner, nicht ohne vorher zu versprechen, bald wiederzukommen. „Ihr seid noch jung, ihr könnt die Strecke noch besser zurücklegen als ich", sagte er ihnen.

Es war schon dunkel, als die beiden in ihr Dorf fuhren. Irgendwo hörten sie eine Eule. Auch ein Fuchs meldete sich aus dem nahen Wald. Heinz dachte während der ganzen Fahrt über das Gehörte nach. So wunderbar waren sie gerettet worden. Doch was war mit seiner Familie? Lebten sie überhaupt noch? Was hätte er darum gegeben, Informationen über seine lieben Angehörigen zu erhalten.

•••

Heiß und mit einem kleinen Regen begann die neue Woche. Es war Mitte November. Die ersten Sommerregen setzten ein. Die Dorfbewohner in Gronau schauten positiv in die Zukunft. Die Saat ging gut auf. „Ich denke, es wird eine gute Ernte geben", sagte ein älterer Bewohner zu Heinz.

Die ganze Familie war auf dem Feld, wenn es um die Aussaat ging. Mit Händen und Füßen war gepflanzt worden, denn Maschinen hatte man noch keine. Auch etwas Milch hatten die meisten der Siedler täglich. Das MCC hatte ihnen Geld für eine Milchkuh und einen

Ochsen gegeben. So konnten die Kinder wenigstens, wenn auch manchmal mit etwas Wasser gemischt, täglich Milch trinken.

Doch was dann kam, davon hatten sie in Deutschland und auch in Menno schon gehört, aber erlebt hatten die Dorfbewohner so etwas noch nie. Es war Montagvormittag. Heinz war gerade aufs Feld gegangen um zu sehen, wie die Pflanzen emporschossen. Plötzlich hörte er ein seltsames, ihm total unbekanntes Geräusch. Er schaute auf und sah am Horizont einen schwarzen Streifen auftauchen. Was war denn das? Zog etwa ein Sturm auf?

Ja, es war ein Sturm, und zwar ein Insektensturm. Ein Heuschreckenschwarm überschwemmte ihr Dorf. Die Heuschrecken fraßen die gesamten Pflanzen ratzekahl. In weniger als einer Stunde war ihre gesamte Arbeit dahin. Die Viecher vertilgten alles. Aber nicht nur das. Sie ließen auch noch ihre Brut in der Erde zurück, sodass es nach dem nächsten Regen wieder dasselbe sein würde.

Machtlos fühlte sich nicht nur Heinz, auch die anderen Siedler mussten zuschauen, wie ihre Arbeit der letzten Monate zunichte gemacht wurde.

Heinz, der sowieso nicht mit großer Leidenschaft Bauer war, traf dieses Ereignis schwer. Er saß niedergeschlagen am Rande seines Feldes. Beim Versuch, die Heuschrecken irgendwie zu verjagen, hatte er sein Knie überanstrengt. Müde und am Boden zerstört rief er innerlich: „Was soll ich hier in dieser Wildnis? Ich schaffe es nicht!"

•••

Im Dezember 1948 erhielt die Siedlung im Chaco hohen Besuch: Peter und Elfrieda Dyck höchstpersönlich kamen und besuchten die Siedler. Welch ein frohes Wiedersehen war dies für viele! Die Dycks staunten, wie viel die Siedler in dieser kurzen Zeit schon aufgebaut hatten. Sie staunten auch über den Mut der meisten Siedler.

Die Siedler wiederrum waren froh, diese beiden Personen, denen sie alle ihr Leben verdankten, schon so bald wieder zu sehen.

•••

„Ehre sei Gott in der Höhe und Frieden auf Erden und den Menschen ein Wohlgefallen!" So klang es in Gronau am 24. Dezember 1948. Am Heiligabend hatten die Kinder ein Programm eingeübt. Gedichte wurden aufgesagt und Lieder gesungen. Sogar ein Weihnachtsbaum war geschmückt worden. Es war zwar kein Tannenbaum, aber ein Naturbaum hatte für die Siedler die gleiche Bedeutung. So manch einer dachte zurück an das letzte Weihnachtsfest, das sie noch in Deutschland gefeiert hatten. Wie das Leben sich in diesem Jahr verändert hatte!

Der Höhepunkt an diesem Abend war wohl für die Kinder die Bescherung. Jedes Kind erhielt ein Weihnachtsgeschenk. Das MCC hatte in vielen Gemeinden Nordamerikas Spendenaktionen gestartet und somit für die Kinder Geschenke erhalten. So manch ein Mädchen hielt wahrscheinlich an diesem Abend erstmals ihre eigene Puppe in den Armen. Die Freude der Kinder war groß, aber die der Erwachsenen nicht weniger. So manch ein Auge blieb nicht tränenleer. Nicht nur, weil sie sich mit ihren Kindern freuten. Das auch. Aber irgendwie ließ die gesamte Stimmung sentimental werden. Wo sind meine Lieben? Meine Eltern oder Kinder? Wo ist mein lieber Ehemann? Werden wir uns alle irgendwann wiedersehen? Werden wir hier in dieser Wildnis überleben? Einige wenige hatten zu Weihnachten Grüße von Verwandten aus Kanada erhalten. Doch aus Russland hörte man so gut wie nichts. Der Informationsfluss wurde von Stalin noch stark unterdrückt.

Diese Gedanken und Nostalgien beschatteten die erste Weihnachtsfeier in der neuen Siedlung.

•••

Heinz hatte am Weihnachtsmorgen die Andacht vorgelesen. Gronau hatte keinen eigenen Prediger. Da kam es öfters vor, dass Heinz am Sonntagmorgen aus dem Andachtsbuch vorlas. So hatten sie wenigstens einen Gottesdienst. Außerdem leitete er meistens auch den Gesang an. Heinz verstand es mit seiner klaren Stimme die Lieder anzustimmen und anzuleiten. Das war für ihn kein Problem, das hatte er früher als Kind schon getan.

Nach dem Gottesdienst am 25. kam Hans Franz auf ihn

zu. Die Geschwister Hans, Heinrich und Tina Franz wohnten zusammen mit ihrer Tante in der Mitte des Dorfes. Neben ihnen wohnte noch die Schwester Liese mit ihrem Sohn Peter. Lieses Mann war in Russland verschollen. Die Franzens waren arbeitsame Leute. „Heinz, du hast doch bestimmt jetzt nichts vor, oder?", fragte Hans Franz ihn. „Wir haben die ersten Wassermelonen geerntet und wollen sie heute gemeinsam genießen. Wir laden dich ein mit uns Weihnachten zu feiern", sagte er zu Heinz und klopfte ihm dabei freundschaftlich auf die Schulter.

Heinz war überrascht. Weihnachten war ja das Fest der Familie. Wieso sie dann jemanden einladen? Doch weil er niemanden hatte, freute er sich über die Einladung und nahm sie dankend an.

Die Wassermelone war noch nur gerade rosa, aber sie schmeckte herrlich. Vor allem die Gemeinschaft tat Heinz sehr gut. Sie erzählten und sangen gemeinsam. Die Franz Brüder hatten wunderbare Stimmen. Und manche Lieder sangen sie vierstimmig.

Bisher hatte Heinz noch nicht die Gelegenheit gehabt, diese Geschwister richtig kennen zu lernen. Es gab stets so viel zu tun, dass man nicht viele Besuche machte. Doch an diesem Weihnachtstag blieb er bis zum gegen Abend. Gegenseitig erzählten sie von ihren Erlebnissen und von ihren Familien. Die Mutter der Franz-Kinder war auf der Flucht in den Warthegau gestorben. Die Front war so nahe gewesen, dass sie nicht einmal die Zeit gehabt hatten, ihre eigene Mutter zu begraben. Als Liese das erzählt hatte, waren ihr und auch Tina die Tränen über die Wangen gelaufen. Der Vater war bereits 1937 geholt worden. Von ihm und auch vom Bruder Dieter, der etwas später mitgenommen wurde, hatten sie nie wieder etwas gehört.

Die Franz Familie war bis 1941 in ihrem Heimatdorf Liebenau in der Molotschna gewesen. Zusammen mit der Deutschen Armee waren sie Richtung Westen geflüchtet. Furchtbares hatten sie erlebt.[1]

Als Heinz an diesem Abend vor seinem Häuschen saß und den Sommerabend genoss, füllte ihn ein wohliges Gefühl. Heute hatte er nach vielen Jahren wieder einmal gefühlt, welch gute Gemeinschaft eine Familie sein kann. Er hatte sich so wohl gefühlt bei den Geschwistern Franz. Und er hatte sich an seine Gebete erinnert, die er seit einiger Zeit nach oben zum Himmlischen Vater schickte. Seit Horn ihn damals gefragt hatte, ob er denn nicht bald heiraten wolle, hatte er oft dafür gebetet, dass Gott ihm eine gute und gläubige Frau geben sollte.

Heute war ihm erstmals der Gedanke gekommen, dass diese Frau vielleicht Tina Franz sein könnte. Er würde diese Angelegenheit weiter ins Gebet nehmen.

•••

Am 1. Februar 1949 feierte Gronau genau wie jedes andere Dorf der neuen Siedlung. Neuland, so hatte die Verwaltung der Kolonie ihre Siedlung genannt. Auf

---

[1] Die Geschichte der Franz Familie ist im Buch „Katharina – Flucht in die Freiheit" von derselben Autorin festgehalten worden.

dieser Versammlung im Januar 1949 war definiert worden, dass der 1. Februar stets ein Feiertag sein solle. Denn am 1. Februar 1947 war einst die erste *Volendam* aus dem Bremerhaven mit mehr als 2.000 Flüchtlingen ausgelaufen. Dieser historische Moment, mit eingeschlossen die dramatische Befreiung der Berliner Gruppe, sollte jedes Jahr gefeiert werden.

Insgesamt waren in Neuland 26 Dörfer gegründet worden. Unter den über 2.200 Siedlern befanden sich 264 Witwen oder besser gesagt, Frauen, von denen man annahm, dass sie Witwen seien. Frauen, deren Männer entweder dem Entkulakisierungsprogramm oder den Säuberungsaktionen Stalins zum Opfer gefallen waren oder aber 1942/43 in die Deutsche Wehrmacht eingezogen wurden. Diese Witwen, manche noch ganz jung andere etwas älter, kamen aus den verschiedensten russischen Dörfern. Doch sie hatten alle gemeinsam, dass ihre schuldlosen Männer auf Nimmerwiedersehen verschleppt worden waren. Einige hatten zuverlässige Informationen, dass ihr Mann bereits gestorben war. Andere wiederum lebten immer noch in der Unsicherheit, ob ihr Mann lebte oder nicht.

In Neuland gab es etwas, was es wohl sonst in der Welt nirgendwo gab: Ein Frauendorf. Etwa 40 Witwen hatten sich zusammen getan und sich für die Gründung eines gemeinsamen Dorfes entschieden. Friedensheim hatten sie es genannt. Sie erhielten bei der Ansiedlung noch eine Zusatzhilfe vom MCC und von den Mennos oder Fernheimern, je nachdem in welcher Kolonie sie bei der Ankunft untergebracht worden waren. Männer aus diesen Siedlungen bauten Häuschen für die Siedlerinnen und auf Initiative des MCC wurde jeder Familie ein halber Hektar Wald gerodet. Auch bekam jede Witwe eine Kuh. Die Frauen bekamen etwas mehr Hilfe, als die anderen Siedler.

Doch sie waren auch mit allen Arbeiten, Herausforderungen und Problemen allein. Manchmal schien es ihnen, als ob es für sie unmöglich war, all die Arbeiten zu bewältigen. Die Felder mussten bestellt, das Haus gebaut, der Garten angelegt, die Kleider genäht und die Kinder ernährt und erzogen werden. Außerdem beteiligten sich die Frauen auch an den Gemeinschaftsarbeiten im Dorf wie z. B. Straßen machen, Zäune ziehen, Schulhaus bauen usw.

Dazu kam noch, dass die spärliche Ernte in den ersten Jahren nach Filadelfia, dem Zentrum der Kolonie Fernheim, gebracht werden musste. Oft sah man Frauen mit ihren Ochsenwagen ihre Ernte wegbringen. Ihre Begleiter waren Verzweiflung, Müdigkeit und Ratlosigkeit. Die Kinder mussten in dieser Zeit bei anderen Leuten oder alleine bleiben. So manch eine Frau schaffte in dieser Zeit mehr als ein Mann.

Am 1. Februar 1949 wurde in allen Dörfern gefeiert und der wunderbaren Befreiung gedacht. Die Gronau Dorfgemeinschaft feierte auch. Heinz brachte eine kurze Besinnung und einige ältere Personen sprachen von Russland und von der Flucht. Während des Programms sah man viele von den erwachsenen Personen weinend dasitzen. Jahre der Angst und der Furcht, der Trennung von der Familie, Jahre des Hungerns und der Ungewissheit lagen hinter ihnen. Viele konnten nicht darüber sprechen. Aber nun, da einige Erlebnisse wieder vorgeholt wurden, kamen sehr viele von den

Erinnerungen hoch. Bei vielen flossen die Tränen in Strömen. Das löste die innere Spannung etwas.

Nach dem Gottesdienst gingen die Gespräche draußen weiter. Es ging weniger um die momentane Situation als vielmehr um die Lieben in Russland, oder wo auch immer sie waren. „Hast du etwas von deinem Mann gehört?", fragte eine Frau die andere. Diese schüttelte traurig den Kopf. Für Frauen, deren Männer nicht mitgekommen waren, war es besonders schwer. Alle waren im Gespräch vertieft. Die einen träumten davon, Kontakt zu Familienangehörigen zu bekommen, die anderen erzählten aus Russland, noch wieder andere waren unzufrieden über die Umstände, in denen sie nun lebten.

Plötzlich begann ein älterer Herr zu sprechen. Er sagte: „Wisst ihr noch, wie Peter Dyck uns sagte, dass es hier heiß, trocken und staubig sei? Er sagte uns damals schon, dass Heuschrecken unsere Felder zerstören würden. Doch, das hob Dyck sehr hervor, die Regierung hat uns eingeladen. Sie kann uns zwar nicht unterstützen, doch sie erlaubt uns, unseren Glauben auszuleben und unsere eigenen Schulen einzurichten. Und Militärdienst müssen wir auch nicht leisten." Er machte eine kurze Pause. „Wollen wir nicht vergessen, dass das mehr ist als wir verdient haben. Gott hat uns geführt, auch wenn es im Moment noch sehr schwer ist." Diese Worte eines Optimisten ließen so manch eine unzufriedene Stimme verstummen.

Die Siedler hatten wirklich allen Grund dankbar zu sein. Natürlich waren die Zeiten schwer. Und vieles war so unbekannt und schien den Siedlern unmöglich zu überwinden zu sein. Doch das MCC hatte ihnen nicht nur bei der Ausreise aus Deutschland geholfen. Es hatte auch das Land für die neue Siedlung gekauft. Die ersten zwei Jahre kam vom MCC außerdem ein Zuschuss für die Verpflegung und es gab auch Geld für den Kauf einer Kuh und eines Ochsen.

Zusätzlich vermittelte das MCC Kleiderspenden und gebrauchte Landwirtschaftsgeräte. Es schickte Beiträge für den Bau der Schulen in den einzelnen Dörfern, für Lehrerlöhne, für schwere Krankheitsfälle und für Lehrerausbildung. Wilhelm Horn pflegte oft zu sagen: „Ohne das MCC wären wir verloren. Damals bei der Ausreise waren wir den Leuten vom MCC schon sehr dankbar. Doch es hätte uns nichts geholfen, Deutschland zu verlassen und in Paraguay auf eigene Faust anzusiedeln. Wir hatten nichts, absolut nichts. Wäre das MCC nicht gewesen, wären wir verhungert."

So war es. Und obwohl auch immer wieder unzufriedene Stimmen laut wurden, waren die allermeisten Siedler sich dessen bewusst.

•••

Heinz innere Stimme, die ihm am Weihnachtsabend zugeflüstert hatte, dass Tina Franz die richtige Frau für ihn sein könnte, wurde immer lauter. Er fühlte immer stärker, dass Gott ihm diese Frau schenken wollte.
Doch er war ein Krüppel. Die Ackerwirtschaft interessierte ihn überhaupt nicht. Würde sie so einen Mann wollen? Wovon würden sie ihren Lebensunterhalt

machen? Viele Fragen und Ängste hatte Heinz.

Horn, der wohl beobachtet hatte, was mit Heinz los war, machte ihm Mut: „Wenn du es nicht versuchst, wirst du es nie wissen." Horn hatte Recht, das wusste Heinz. Dennoch zögerte er etwas. Doch dann eines Tages raffte er seinen ganzen Mut zusammen und fuhr zu den Franz-Geschwistern. Hans kam raus und begrüßte ihn freundlich. Bevor ihn der Mut verließ, brachte Heinz sein Anliegen vor. Er wollte erst mit Hans sprechen, da er der ältere Bruder war. „Wenn sie ja sagt, darfst du unsere Schwester gerne heiraten", sagte Hans und klopfte ihm freundschaftlich auf die Schulter.

Tina war sofort einverstanden. „Ich habe schon seit Weihnachten auf diesen Tag gewartet", gestand sie Heinz etwas später.

Im Oktober feierten Heinz und Tina ihre Hochzeit. Doch bevor sie heirateten, hatten Hans und Heinrich, Tinas Brüder, Heinz geholfen, ein Häuschen für sie beide zu bauen. Tina half fleißig beim Ziegelstreichen. Der Lehm musste in eine Form gegeben und dann mit einem Brett abgestrichen werden. Nachdem die Ziegel auf einem sauberen Platz getrocknet worden waren, wurden sie zum Bauplatz gebracht. Das Haus aus Lehmziegeln mit Rundholzbalken und Latten wurde mit Süßgras gedeckt. Bis zur Hochzeit war es im Rohbau fertig. Ohne die beiden Brüder hätten sie es wohl nicht so schnell geschafft.

Sehr primitiv fingen Heinz und Tina an, aber sie waren frei, mutig und voller Hoffnung auf eine gute Zukunft. Heinz war sehr glücklich mit seiner Tina. Gerne hätte er sie seiner Mutter vorgestellt. Seine Mutter war für ihn bisher die großartigste Frau in seinem Leben gewesen. Oh, wie er sie vermisste!

XI.

Es war Ende März und Heinz arbeitete auf dem Feld. Heinz plagte sich mit seinem steifen, krummen und kürzeren Bein ab. Er lief hinter dem Ochsen her, der den Pflug zog. Er pflügte die erste wunderschöne Baumwolle. Die Ochsen sind genauso unerfahren wie ich, dachte er bei sich. Einer der Ochsen stieg immer über den Sielenstrang. Er musste ihn losmachen und wieder anmachen. Dann musste der Pflug gehoben und gedreht werden. Bin ich denn ein besserer Ochs als meine zwei Ochsen?, fragte er sich nicht zum ersten Mal. Zwei linke Hände hatte er für diese Arbeit.

Er ärgerte sich, weil er diese Arbeit nicht konnte. Seine Frau Tina half ihm, so gut sie konnte. Nicht nur, dass sie ihm half. Sie war weit bäuerlicher gesinnt als er selber. Doch nun war sie mit ihrem ersten Kind schwanger, und Heinz wollte auf keinen Fall, dass sie sich zu sehr anstrengte.

Müde und mit keuchendem Atem machte er eine Pause. Da sah er, dass Tina zu ihm aufs Feld kam. Was sie wohl wollte?

„Herr Gäde war gerade hier. Er kam von Halbstadt und hatte einen Brief mit für dich. Hier, öffne ihn. Es scheint wichtig zu sein." Heinz nahm den Brief entgegen und ging an den Rand des Feldes, wo ein Baumstumpf war, auf den er sich setzte. Bevor er den Brief las, rieb er sich sein Knie. Es war geschwollen. Diese Arbeit war für sein Knie gar nicht gut. Dann las er den Brief:

„Lieber Heinrich Epp!

Ich weiß, dass Sie in Russland als Feldscher absolviert haben. Wir brauchen dringend ausgebildetes Personal in unserem Krankenhaus. Falls Sie Interesse an einer Anstellung haben, bitte ich Sie zwecks Verhandlung noch diese Woche bei mir vorzusprechen. Gruß Dr. Wilhelm Rakko" Heinz wäre beinahe vom Baumstumpf gefallen, so überrascht wurde er von diesem Angebot. Das war das, wovon er stets träumte. Eine Arbeit im Medizinbereich! Ja, hätte er am liebsten laut geschrien. Wie hieß es in dem Brief? Noch diese Woche? Sie hatten Freitag. Dann hatte er nur noch morgen die Gelegenheit sich zu melden. Er würde gleich morgen früh nach Halbstadt fahren.

Doch Moment, er war ja verheiratet und konnte solche Entscheidungen nicht mehr alleine treffen. Er schaute Tina an. Diese schien überhaupt nicht begeistert zu sein. Bevor er noch irgendetwas sagen konnte, sagte sie: „Nein, wir bleiben auf dem Lande und wollen nicht nach Halbstadt. Was soll ich da?"

Heinz Mut sank sofort. Seine aufgeflammte Freude wurde stark gedämpft. Sollte es doch nicht Gottes Wille sein? „Wir können ja heute Abend in Ruhe darüber sprechen, Tina", sagte er zu seiner Frau.

Heinz pflügte noch das Feld zu Ende und ging dann gegen den Willen seiner lieben Frau zu den Geschwistern Franz, die einige Höfe weiter ab wohnten. Er musste sich Rat holen von Tinas Geschwistern. Diese waren ihm in den letzten Monaten zu wertvollen Menschen geworden. Heinrich war zu dieser Zeit schon in Landskrone, einem Dorf in Fernheim. Dort wollte er das Schmiedehandwerk erlernen.

„Ich sehe meine Zukunft nicht darin, dass ich mein Leben lang den Ochsenschwänzen hinterherlaufe", sagte er an Hans gerichtet, nachdem er ihnen von dem Angebot erzählt hatte. „Entweder greife ich hier zu oder ich wandere möglicherweise in den nächsten Jahren aus. Die harte physische Arbeit würde mich aufs Bett werfen und den verheilten Knochenfraß in meinem Bein neu erwachen lassen. Das wäre mein Ruin."

Die Geschwister hatten ihm aufmerksam zugehört. „Ich sehe das auch so, lieber Heinz", sagte Hans zu ihm. „Dies ist deine Chance. Sprich noch mal mit Tina und versuch sie zu überzeugen."

Das tat Heinz. Doch Tina sah nicht die gleichen Gelegenheiten wie Heinz. Sie weigerte sich aus Gronau wegzuziehen. Heinz tat etwas, was nicht so ganz seiner Natur entsprach: Er handelte nach seinem Willen, ohne auf den Willen seiner Frau zu achten. Er entschied, dass er noch am selben Abend nach Halbstadt fahren würde.

Er spannte seine Ochsen an und fuhr noch einmal auf

den Franz-Hof. Hans half ihm einen Quebrachostamm auf den Wagen zu laden. Heinz brauchte Holz für den Dachboden im zweiten Zimmer. Nächste Woche hatte er vorgehabt, aus dem Stamm in Halbstadt Bretter sägen zu lassen. Wenn er jetzt fuhr, würde er den Stamm schon mitnehmen.

Auf dem Weg nach Halbstadt plagte Heinz das Gewissen. Hatte er richtig entschieden? Er wollte Tina auf keinen Fall verärgern. Aber er sah einfach, dass dies seine Gelegenheit war! Und immer wieder dachte er an den Satz, den Peter Dyck ihm vor zwei Jahren im Bremerhaven mitgab. „Nutzen Sie Ihre Chancen", hatte er gesagt. Diese hallten in seinem inneren Ohr wider. „Das mache ich", sagte Heinz laut und legte die letzte Strecke mutiger zurück.

•••

Am nächsten Vormittag fuhr Heinz als erstes zum Sägewerk. Danach musste er die bange Entscheidung treffen: Sollte er zu Dr. Rakko gehen oder nicht? Da war nicht nur die Frage, was Tina sagen würde. Er fragte sich auch, ob er überhaupt wagen könnte in den erlernten Beruf einzusteigen, denn immerhin hatte er in den letzten acht Jahren wenig mit Medizin zu tun gehabt.

Doch schon stand er vor dem Ärztehaus. Dr. Rakko trat heraus und begrüßte ihn freundlich. Es bedurfte keiner großen Worte. Innerhalb von fünf Minuten waren Heinz und der Arzt sich einig, dass Heinz einsteigen würde. Erst mal eine Woche probeweise. Dann würde man endgültig verhandeln.

Heinz ließ Tina alleine auf der Wirtschaft zurück. Es war kurz vor Ostern und der reife Kafir musste geerntet werden. Hans versprach, bei der Ernte mit anzupacken und Tina damit nicht alleine zu lassen.

Auf dem Hof des Hospitals, das gleich 1948 im Zentrum der neuen Siedlung erbaut worden war, befanden sich mehrere kleinere Lehmhäuschen. Eines war die Arztwohnung, ein anderes das Sprechzimmer und ein drittes die Küche. Man hätte viel mehr Raum gebraucht, doch der war nicht da.

Heinz stieg in die Arbeit als Apothekenhilfe ein. Die Apotheke besaß damals 53 verschiedene Medizinen, wovon ein Teil in Pülverchen präpariert wurde. Als Apothekenschrank diente eine alte Holzkiste. Die Umstände waren sehr einfach, doch Heinz lebte so richtig auf in seiner Arbeit.

Aus der einen Probewoche, wo er mit Schwester Käthe Isaak zusammenarbeitete, wurden drei. An den Wochenenden fuhr er zurück nach Gronau. Dann machten sie seine Anstellung im Krankenhaus definitiv. Auch Tina willigte ein, zwar nur ungern, aber sie sah, dass Heinz ein völlig anderer Mensch geworden war. Er lebte förmlich auf in seiner Arbeit in der Apotheke.

Mit Tinas Vetter verhandelte Heinz seine Wirtschaft in Gronau. Dieser baute ihnen dafür ein Haus in Halbstadt in der Nähe des Krankenhauses. Da zogen Heinz und Tina Ende August 1950 bereits mit ihrer kleinen Liese ein. Der Herr hatte sie mit einem gesunden Töchterchen beschenkt und seine Frau hatte ihr Ja-Wort gegeben zu seiner neuen Arbeit. Heinz war überglücklich. Er konnte endlich das tun, was seine große Leidenschaft war!

XII.

Tina stöhnte. Es war Ende Januar 1954 und sie war hochschwanger mit ihrem dritten Kind. Lieschen und Anni spielten draußen im Sand. Fast vier und zwei Jahre waren sie. Sie konnten sich schon sehr gut alleine beschäftigen. Nur leicht bekleidet spielten sie im Garten. Einige Bäume spendeten schon etwas Schatten von der heißen Nachmittagssonne.

Es ging ihnen nur arm, aber sie hatten genug zum Leben. Oft schon hatte sie an ihre Mutter gedacht. Wie war es ihr wohl ergangen, in der großen Hungersnot Anfang der 30er Jahre Kinder großzuziehen? Was waren es für Gefühle, wenn man Kindern nicht zu essen geben konnte? Sie war von Herzen dankbar, dass sie immer satt zu essen hatten.

Tina war dankbar, aber nicht in allen Situationen. Sie ertappte sich oft dabei, wie sie ihrem Mann große Vorwürfe machte. So selten war er da. Er ging ganz auf in seiner Arbeit in der Apotheke. Auch als Narkotiseur hatte er angefangen zu arbeiten. Das bedeutete dann auch, dass er oft des Nachts oder am Sonntag zu Notfällen gerufen wurde. Der Betrieb im Krankenhaus war recht groß geworden. Letztes Jahr war ein neuer Teil des Krankenhauses eingeweiht worden. 30 Krankenbetten gab es nun. Das bedeutete unsagbar viel Arbeit für Dr. Rakko, Heinz und die wenigen Krankenschwestern, die da waren.

Heinz liebte seine Arbeit. Er vergaß oft von der Zeit, wenn er in der Apotheke Pülverchen mischte, damit die Siedler nach besten Möglichkeiten mit Medikamenten versorgt werden konnten. Oft war es schon ganz spät, wenn er nach Hause kam. Tina blieb mit der ganzen Arbeit im Haushalt, im Garten und mit den Kindern alleine. Oft wünschte sie sich, dass Heinz mehr Zeit mit seiner Familie verbringen würde. Sie wusste, dass er sie und seine Kinder über alles liebte. Gern hätte sie nur noch mehr Unterstützung von ihm bekommen.

Neben der Arbeit im Krankenhaus, wo er Apotheker, Narkotiseur, Rechnungsführer und noch so manches andere war, war er auch in der Sonntagsschule und im Gottesdienst mit Gesang tätig. Immer war er aktiv, nur zu Hause nicht. So empfand es zumindest die manchmal übermüde Tina.

An diesem Nachmittag kamen ihre Schwester Liese und deren Sohn Peter vorbei. Weil sie müde war und kurz vor der Geburt stand, war sie etwas gereizt. Sie beschwerte sich bei ihrer Schwester. „Für alle anderen hat er Zeit, nur für uns nicht." Liese nahm Tina in den Arm und drückte sie einmal gut. Dann versuchte sie ihre jüngere Schwester zu trösten: „Heinz ist im Dienst. Er dient Gott und anderen Menschen. Gott wird euch dafür segnen, auch wenn du das jetzt im Moment nicht so spürst." Tina seufzte. Liese war ja wirklich nicht die richtige Person, bei der sie sich beschweren sollte. Sie hatte ihren Mann seit fast 15 Jahren nicht gesehen. Sie wusste nicht, ob er noch lebte oder nicht. In diesem Moment schämte sich Tina ihrer Undankbarkeit und nahm sich vor, wieder dankbarer zu sein.

•••

An diesem Abend merkte Tina schon, dass die Wehen einsetzten. Liese war bei ihnen geblieben. Sie würde sich um Lieschen und Anni kümmern, wenn es losging. Sie brachte ihre Mädels noch zu Bett und sagte dann zu Heinz, dass sie sich fertig machen müssten.

Die nächsten Stunden wurden zum Albtraum für Tina und Heinz. Es wurde eine sehr schwere Geburt. Heinz merkte schon, dass irgendetwas nicht stimmte. Er war schon bei mehreren Geburten dabei gewesen. Und dann, ganz früh am 29. Januar 1954 kam der kleine Wilfried zur Welt. Ihr erster Sohn! Doch anstatt sich zu freuen, brachen sie in Tränen aus, denn Wilfried atmete nicht mehr. Bei der Geburt war er erstickt. Heinz hielt seinen toten Sohn in den Armen, während die Hebamme die Nabelschnur durchschnitt. Dr. Rakko wurde gerufen und versuchte noch sein Bestes. Doch jegliche Hilfe kam zu spät.

Nachdem die Hebamme Heinz den Sohn sanft aus den

Armen nahm, setzte er sich zu Tina. Er nahm sie in den Arm und zusammen weinten sie sich den Schmerz von der Seele.

„Warum?", fragte Tina immer wieder. Heinz konnte nicht antworten. Zum ersten Mal erlebte er, was es hieß, wenn das eigene Fleisch und Blut starb. Es tat so unbeschreiblich weh. Er fühlte sich leer an. In diesem Moment verspürte er weder Kraft noch eine Motivation zu irgendetwas. In dieser Stunde verstand er Gott nicht mehr. Auch Tina verstand ihn nicht. „Ist das der Lohn dafür, dass du Gott dein Leben geweiht hast und ihm dienst?"

Tina wusste, dass sie nicht das Recht hatte, Gott zu beschuldigen. Aber in diesem Augenblick war sie verzweifelt und sehr traurig.

•••

Im Schlafzimmer stand der kleine Sarg von Wilfried. Ein blaues Hemdchen hatten sie ihm angezogen. Lieschen und Anni durften eintreten, um ihren kleinen Bruder wenigstens einmal zu sehen. Sie verstanden nicht so richtig, was passiert war. Doch weil ihre Eltern so traurig waren, weinten auch sie.

Am gegen Abend fand im ganz kleinen Kreis die Beerdigung des kleinen Wilfrieds statt. Gott hatte es nicht gewollt, dass er auf dieser Erde leben sollte. Tina stand gestützt von Liese und Heinz am kleinen Grab ihres Sohnes. Lieschen und Anni waren nicht dabei. Tinas Bruder Heinrich hatte sie nach Gronau mitgenommen.

Da würden sie die ersten Tage bleiben, damit Tina sich gut erholen konnte.

Als Heinz sich in dieser Nacht schlaflos von einer Seite auf die andere drehte, schrie er innerlich zu Gott: „Herr, stehe uns in dieser Situation bei! Gib Tina die Kraft, diesen Verlust zu verkraften!"

XIII.

„Die Zeit verheilt die Wunden", das sagt ein Sprichwort. So war es auch bei Tina und Heinz. Sie waren zwar in Gedanken immer noch oft bei ihrem Wilfried, doch es tat nicht mehr so weh. Wohl auch deshalb, weil sie inzwischen einen gesunden Jungen bekommen hatten. Harry hatten sie ihn genannt. Lieschen und Anni waren ganz begeistert von ihrem kleinen Bruder und bemutterten ihn wo sie nur konnten.

Seit jenem Tag, wo sie ihren Sohn begraben hatten, waren mittlerweile etwas mehr als zwei Jahre vergangen. Es war Anfang Februar 1956. Die Sonne brannte auf die Pflanzen nieder. Tina war wieder fleißig gewesen in ihrem Garten. Wassermelonen erntete sie bereits die ersten. Süßkartoffeln, Mandioka und Bohnen hatte sie auch genug für den Eigenbedarf. Sogar Erdnüsse gab es in diesem Jahr erstmals eine sehr gute Ernte bei den Epps. Es fehlten ihnen zwar oft die Äpfeln, Birnen, Kirschen und Pflaumen, die sie von Russland kannten. Doch sie hatten etwas an Apfelsinen, Datteln und Bananen. Das war immerhin ein Ersatz. Und ein großer Erfolg, den die Siedler schon aufzeichnen konnten, dass die Heuschrecken bekämpft worden waren. Sie kamen, wenn überhaupt, dann nur noch in kleinen Mengen.

Müde, aber zufrieden setzte Tina sich am gegen Abend auf die Bank vor ihrem kleinen Häuschen und wartete darauf, dass Heinz aus dem Krankenhaus nach Hause kommen würde. Die Mädchen spielten im Garten. Harry war gerade etwas eingeschlafen. Tina hatte kurz zuvor noch ihre Kuh gemolken. Sie gab nicht viel, zwischen drei bis fünf Liter. Aber es war immerhin so viel, dass ihre Kinder Milch trinken konnten. „Das ist sehr wichtig für ihre Knochen", pflegte Heinz immer zu sagen.

Oft stiegen Tina die Tränen in die Augen, wenn sie sich an den gedeckten Tisch setzte. Wie hatte sie als Kind gehungert! Und Heinz auch, er hatte viel davon erzählt. Sie selber konnte ihre Kinder immer satt zu essen geben. Sie konnte nicht genug dafür danken.

Sie hatte sich auch noch nur gerade hingesetzt, als Heinz schon auf den Hof gehumpelt kam. „Du hast es aber eilig. Was ist denn los?", begrüßte sie ihren Ehemann. Heinz war ganz aus der Puste. „Ich habe Post erhalten. Von Onkel Gerhard aus Kanada." Gerhard Thielmann, der jüngere Bruder von Heinz' Mutter Anna, war damals 1925 mit Abram Epp, Heinz Onkel, mit nach Kanada gezogen. Mit ihm hatten sie seit einiger Zeit Kontakt. „Ich habe ihn noch nicht geöffnet, wollte ihn mit dir zusammen lesen", sagte Heinz. Irgendwie hatte er es im Gefühl, dass dieser Brief wichtige Nachrichten brachte.

Heinz setzte sich neben Tina auf die Bank, öffnete den Brief und begann zu lesen:

"Vor fünf Tagen hatten wir die überaus große Freude, einen Brief von meiner Schwester Mariechen Penner aus Russland zu erhalten. Sie schrieb unter anderem: ‚Anna Epp (deine Mutter Heinz) lebt noch!! Johann, dein Vater, ist gestorben. Annas Schwester Liese ist in den 30er Jahren gestorben.'

Heinz machte eine Pause. Diese Nachricht musste er erst einmal verdauen. Es waren nun bereits über 15 Jahre, wo sie nichts voneinander gehört hatten. Er hatte immer gehofft, dass seine Familie in Russland noch lebte, doch wenn er ehrlich war, hatte er schon oft daran gezweifelt, dass er je wieder etwas von ihr hören würde.

Tina nahm ihm den Brief aus der Hand und las weiter: Tante Mariechen schrieb weiter, dass auch Gerhard, Greta, Anna mit ihrem Hans, Johann, Jascha und Liese am Leben seien. Nur von David und Abram habe man nie wieder etwas gehört. Dann schrieb sie von sich: *"Das allerschwerste ist mir das gewesen, als Gott mir meinen einzigen Sohn, Harry nahm, im Alter von sieben Jahren 1947. Er war so ein ordentlicher, braver Junge, meine einzige Freude und Hoffnung. ...Jasch, mein Mann, ist von 41 weg von mir und ungewiss, ob am Leben oder tot. In dieser Ungewissheit lebe ich nun schon 15 Jahre."* Zum Schluss hatte Tante Mariechen ihren Bruder Gerhard gefragt, ob sie irgendetwas von Heinz Epp wisse. *"Wir haben seit Anfang 1941 nichts mehr von ihm gehört. Seine Mutter wüsste zu gerne, ob er noch lebt."*

Tina las den Brief laut zu Ende. Onkel Gerhard schrieb

noch von weiteren Verwandten und Bekannten aus Alexanderwohl. Heinz hörte gar nicht mehr zu. Er saß da, als ob ihn der Schlag getroffen hätte. Auf diese Nachricht von all seinen Lieben in Russland hatte er so lange gewartet. Er hatte gehofft, gebangt und gebetet. Doch nun, wo er tatsächlich etwas erfuhr, traf es ihn so unvorbereitet. Später am Abend sagte er zu Tina: „Ich habe immer für diese Nachricht gebetet, aber wohl nicht wirklich geglaubt, dass Gott Wunder tun kann. Ich bin zu kleingläubig gewesen."

Wie es kam, dass Heinz nach so vielen Jahren etwas von seiner Familie erfuhr? Auch da hatte das MCC seine Hand im Spiel. Nach Kriegsende hatten sie damit angefangen, Personenlisten zu führen. Menschen wurden engagiert, um in Russland, Paraguay und Kanada vermisste Personen wiederaufzutreiben und Familien zueinander zu führen. Sehr viele Briefe wurden geschrieben und Anzeigen gemacht. Bei vielen Tausenden ohne Erfolg. Doch Heinz und seine Familie hatten das Glück, zu denen zu gehören, die sich fanden.

Und wiederrum dachte Heinz an diesem Abend: Sonderbar, dass gerade ich Nachrichten von meiner Familie bekomme. So viele Frauen warten vergebens darauf, dass sie erfahren, wohin ihr Mann verschleppt wurde und ob er noch lebt. Sonderbar, dass Gott gerade mich ausgesucht hat. Sonderbar, aber wunderbar! Auf Knien dankte er Gott dafür!

•••

Gleich am nächsten Tag setzte Heinz sich hin und schrieb an seine Mutter und an seine Geschwister einen Brief. Onkel Gerhard hatte ihm die Adresse von Tante Mariechen geschickt. Nun wollte er versuchen, ob er Kontakt zu ihnen aufnehmen könnte.

Liebe Mama und Geschwister!

Lange, lange trugen wir umeinander Leid und haben fürbittend vor dem Gnadenstuhl gekniet. Oft wollte die Hoffnung schon schwinden und der Mut sinken. Ich bat dann schon nur um Erhaltung im Glauben und um ein Wiedersehen droben. Jetzt aber ist die Zeit gekommen und der Herr tröstet und fragt: Warum seid ihr so kleingläubig? Wie freut es mich, dass ihr lebt und zu Gottes Ehre von wunderbarer Gnade und Durchhilfe zeugen könnt. Von Onkel Gerhard Thielmann habe ich erfahren, dass ihr noch lebt. Wo David und Abram wohl sein mögen? Gott weiß es. Mama, liebe Mutter und auch ihr lieben Geschwister, mich hat eure Fürbitte begleitet auf den Tausend Meilen. Mein Fuß glitt und vieles verdross mich, da begegnete mir der Heiland auf neu und gab mir Frieden in mein Herz, tröstete mich und errettete mich aus tausend Ängsten und Gefahren.

Wie gerne würde ich Bilder von euch haben. Mir sind 1947 alle Bilder abhandengekommen.

Am 6. Oktober 1949 habe ich geheiratet, Tina Franz. Seither hat uns der Herr vier Kinder geschenkt, doch leben nur drei. Lieschen, Anni und Harry. Wilfried starb bei der Geburt am 29. Januar 1954, er erstickte. Die Kinder sind gesund und munter. Lieschen und Annchen freuen sich sehr, dass sie noch eine Großmutter haben. Ob der Vater meiner lieben Tina noch lebt, wissen wir nicht. Sie haben nie mehr etwas von ihm gehört.

Wir haben hier viele Vorrechte, wie einst unsere Ahnen in der Ukraine. Die Verhältnisse sind eng mit dem Klima verbunden und die Existenz sehr anspruchsvoll. Diese mit Krüppelwald und Wald bedeckte Ebene hat neben sehr dürren mageren Jahren auch mal nasse ernteretche, aber die Sonne brennt im Winter wie im Sommer und der Wind hat besonders im Winter sein Spiel. Kalt ist es selten unter 0, heiß dagegen bis 50°C.

Weißt du noch, Mama, als du mir zeigtest, wie man von einem Blatt Papier eine Tüte falten kann, um Gemüsesamen aufzubewahren? Ich war damals noch nicht mal in der Schule. Wenn du vielleicht damals gedacht hast, es sei eine unwichtige Sache. So schreibe ich dir heute, dass es das auf keinen Fall war. Jetzt in meinem Beruf als Apotheker habe ich schon tausende solche Tütchen gefaltet, um die Pulver aufzubewahren oder sie an die Patienten zu verteilen."

Er fragte noch nach mehrere Verwandten und Bekannten und dann endete er seinen Brief mit dem Satz: „*Ich hoffe sehr, dass dieser Brief euch erreicht. Bitte grüßt alle und schreibt bald zurück. In Liebe euer Heinz*"

•••

Tagebucheintrag von Anna im April 1956

Heute ist ein großer Tag! Wir haben von Heinz einen Brief erhalten, den ersten. Wir haben zwar schon vor einigen Wochen von Bruder Gerhard in Kanada erfahren, dass er lebt, aber heute die ersten Zeilen von ihm zu lesen, war einfach sehr bewegend.

Nach Paraguay hat es ihn verschlagen. Unglaublich, welche Dinge passieren. Tausende Meilen von uns entfernt. Ganz allein, wir anderen alle in Russland. Zum Glück hat er eine liebe Frau gefunden.

Gott ist groß, das haben wir heute wieder erlebt. Danke! Mehr habe ich dir heute nicht zu schreiben, liebes Tagebuch. Mir fehlen einfach die Worte!

XIV.

Man schrieb das Jahr 1958. Stalin war seit mehreren Jahren tot. Die Verhältnisse in Russland wurden etwas leichter. So konnte man zum Beispiel schon von einer Kommandantur in die andere reisen, ohne dafür bestraft zu werden. Bis 1956 hatte man jeweils einmal im Monat unterschreiben müssen, dass man sich noch in der ihm zugeteilten Kommandantur aufhielt. Das war nun abgeschafft worden.

Liese, Heinz jüngste Schwester, war todunglücklich. Sie hatte 1952 geheiratet. Eckert hieß sie nun. Doch ihr Ehemann hatte sich nach ihrer Heirat als der Teufel selber entpuppt. „Wie konnte ich nur so blind sein? Warum habe ich nicht vorher gemerkt, was für ein Mensch er ist?", fragte sie sich immer wieder.

Ihr Mann Jasch war sehr schlecht zu ihr. Sie wohnten zusammen in einem Zimmer bei seinen Eltern. Für die Schwiegereltern und auch für Jasch war Liese eine Magd. Sie musste alles tun, was sie von ihr verlangten. Sie schuftete den ganzen Tag draußen im Garten, egal ob es warm oder eiskalt war. Hilfe von jemandem bekam sie nicht. Wenn sie abends dann einen Teller Essen bekam, hatte sie Glück.

Doch die harte Arbeit war nur ein Teil des Schweren. Das Schlimmste waren für Liese all die Demütigungen, die sie von Jasch und seinen Eltern erleiden musste. Da waren die körperlichen Misshandlungen, aber auch die mündlichen, die manchmal noch schlimmer waren. Sie war schon ihr Leben lang kränklich gewesen. Das wurde jetzt nur noch schlimmer.

Einmal hatte sie ihren Mann bereits verlassen. Doch er hatte sie wieder zurückgeholt. Einmal hatte sie sich sogar ihr Leben nehmen wollen, doch da war die Schwiegermutter in letzter Minute dazwischen gekommen.

Nun Ende der 50er Jahre wurden immer mehr Grenzen zu anderen Ländern offen. Jasch hatte entschieden, dass er zurück in die Ukraine wollte. Liese brachte er zu Anna zurück. „Hier, ich bringe euch die Liese. Ich lasse ihr einige Rubel da. Wenn ich sie rufe, kann sie mir in die Ukraine folgen", so sagte Jasch zu Anna und Greta. Ihre Sachen hatte er allesamt verkauft. Das Einzige, das Liese nach vielem Betteln hatte halten dürfen, war ihre Nähmaschine.

Er setzte sie vom Motorrad ab und fuhr weg. Liese schaute ihm hinterher. Einerseits war sie froh, dass sie los war von ihm. Andererseits war es auch wieder so erniedrigend, dass er sie einfach so abstellte, wie ein altes Möbel, das er nicht mehr wollte.

Und dass er sie nicht rufen würde, das war ihr eigentlich im Unterbewusstsein ganz klar. Greta nahm sie in den Arm und tröstete ihre jüngste Schwester mit ihrer Gegenwart. Worte hatte sie in diesem Moment keine.

•••

Hans war auch im selben Lager gewesen wie sein Vater Johann Epp. Wohl zwei Drittel von den tausenden Männern waren in diesem Lager im hohen Norden umgekommen. Er hatte überlebt. Im Jahre 1947 hatte er geheiratet, war aber sofort wieder in die Trudarmee eingezogen worden.

Als die Ausreisebedingungen erst leichter wurden, waren sie 1958 nach Kasachstan gezogen, in die Siedlung Borowoje. Hans schrieb begeisterte Briefe an seine Mutter und Schwestern. *„Das Klima ist herrlich. Es gibt herrliche Berge, Wälder und Seen. Einige Kurorte sind hier ganz in der Nähe. Von weit und breit strömen im Sommer Menschen hin, um zu baden und auszuruhen. Das Wasser ist so klar, dass man jedes Steinchen sehen kann."* So beschrieb er seine neue Heimat.

Es dauerte nicht lange, da beantragten auch Anna mit ihren Töchtern Greta, Liese und Anna mit Hans die Ausreise. Auch Annas Schwester Mariechen war dabei. Im Jahre 1959 kehrten sie Russland endgültig den Rücken. Hinter sich ließen sie ihre Heimat Alexanderwohl und ihre schrecklichen Erinnerungen an Hunger, Frost und Tortur, an Demütigung und Misshandlungen in der Ukraine und Sibirien. Sie zogen nach Kasachstan, in der Hoffnung auf eine leichtere Zukunft. Gerhard und Jakob blieben mit ihren Familien zurück.

Liese hatte inzwischen erfahren, dass ihr Mann, Jasch Eckert, in der Ukraine eine Jüdin geheiratet hatte. Er hatte sich nie wieder bei ihr gemeldet.

Zum Abschied schrieb Anna in ihr Tagebuch:

Wir verlassen unser Geburtsland, Russland. Trotzdem, dass ich wenig gute Zeiten hier erlebt habe und meine Erinnerungen meist nur negativ sind, fällt es mir schwer. Dieses Land hat mir meine beiden Söhne David und Abram genommen. Mein Mann Johann ist hier begraben. Mein Schwiegersohn ist ebenfalls irgendwo unter den Millionen, von denen man nie wieder etwas gehört hat. Mein einziger Wunsch ist, dass wir uns irgendwann droben wiedersehen.

•••

Auch in Paraguay wurde zu dieser Zeit viel von Auswandern gesprochen. Vielen Neuländern war das Leben einfach zu schwer. Die harte Arbeit, die Trockenheit, die Hitze und dann immer wieder diese

Rückschläge. Sehr viele Menschen, darunter verständlicherweise auch viele von den Witwen, suchten nach besseren Möglichkeiten, entweder in Deutschland, Kanada, Brasilien oder Argentinien. Es war immer etwas abhängig davon, wo sie Verwandte hatten.

Einerseits schwächte diese Auswanderungswelle die Kolonie sehr. So manch ein Zurückbleibender verlor den Mut. Wie wird es werden? Werden wir als Kolonie überhaupt bestehen bleiben? Viele Fragen tauchten auf. In der Kolonie und in den Gemeinden blieben viele Lücken. Besonders auch in den zahlreichen Chören merkte man es.

Doch andererseits nutzten viele die Gelegenheit und kauften billig Wirtschaften und Vieh, weil die Auswanderer ihre Sachen gerne verkaufen wollten. Das hat so manchem dann auch einen wirtschaftlichen Aufschwung gegeben. Auch Heinrich Franz und Mariechen Janzen, die 1954 geheiratet hatten, nutzten die Gelegenheit und kauften sich eine größere Wirtschaft.

Hans Franz, Tinas älterer Bruder entschied sich, auszuwandern. Er hatte mittlerweile geheiratet. Er und seine Frau Hilde verabschiedeten sich im Jahre 1958 von den anderen Geschwistern. Liese und ihr Sohn Peter zogen nach Halbstadt in die Nähe von Heinz und Tina. Ihre Tante Katharina war bereits 1953 verstorben.

So suchte ein jeder seinen Weg im Leben. Einige gingen, andere blieben. Die Familie wurde größer, verstreute sich aber auch immer mehr.

XV.

Anfang März 1962 erhielten Tina und Heinz einen Brief von Tante Mariechen aus Kasachstan. Sie schrieb: *„Mit tiefbetrübtem Herzen bringen wir euch die Trauerkunde von dem Tode eurer treuen und geliebten Mutter, Anna Epp geb. Thielmann. Am 21. Januar um 6.30 Uhr morgens entschlief sie, in einem ansehnlichen Alter von 70 Jahren und 26 Tagen in dem Herrn. Wohl hätten wir Ursache zu klagen, aber eingedenk der letzten 12 Tagen, als sich ihre Leiden zu solcher Höhe steigerten, dass es kaum mehr anzusehen war, sind wir dankbar."*

Heinz trauerte um seine Mutter. Über zwanzig Jahre hatte er sie nicht gesehen. Doch in den letzten sechs Jahren hatten sie so regen Briefverkehr gehabt, dass er manchmal das Gefühl gehabt hatte, nahe bei ihr zu sein und an ihrem Leben teilhaben zu können. Nachtigall hatte seine Mutter ihn früher genannt, weil er schon von klein auf mit so einer klaren Stimme gesungen hatte. Trotz der Armut hatte Heinz immer gespürt, dass seine Mutter ihn und auch seine Geschwister über alles liebte. Und dass sie für jeden Einzelnen betete!

Natürlich wusste er, dass sie ihm viel verschwiegen hatte, besonders was die schweren Zeiten betraf. Aber er wusste auch, dass sämtliche Briefe kontrolliert wurden, und dass man sehr vorsichtig sein musste, was man schrieb.

Auch Tina trauerte um ihre Schwiegermutter, die sie nie gekannt, und doch von Herzen gern gehabt hatte. Die einzige Oma ihrer Kinder war nun begraben worden. Ihre Kinder würden nie erleben, was es heißt, Oma und Opa zu haben, sie zu besuchen und von ihnen geliebt zu werden.

In stiller Trauer verabschiedeten sich Heinz und Tina mit ihren Kindern Lieschen, Anni, Harry und Heinz von ihrer Mutter und Großmutter. Heinz war 1958 als Letzter zur Familie hinzugekommen. Fern im heißen Paraguay gedachten sie an ihre liebe Oma, die zwar nur Heinz gekannt hatte, von der sie aber so viel Gutes gehört hatten. „Im Himmel werden wir uns einst alle sehen", sagte Heinz zu seiner Familie. „Dann habt ihr auch eine Oma."

•••

Etwa ein halbes Jahr später wurde Heinz als Prediger ordiniert. Schon seit seiner Ansiedlung in Gronau hatte er immer wieder aus dem Andachtsbuch vorgelesen, weil es in der Kolonie noch nur wenig ordinierte Prediger gab. Das Predigen war für ihn nicht ganz neu. Doch nun hatte er sich für die Ordination entschieden. Heinz fühlte sich gerufen. Er wollte dienen. Das hatte er Gott vor langer Zeit einmal versprochen.

Tina hatte auch ein Ja gefunden zu dieser neuen Aufgabe. Doch es war ihr nicht leicht gefallen. In

Neuland gab es über 20 Dörfer, die eine Kirche hatten. Alle Dörfer wollten an den meisten Sonntagen bei sich in der Kirche einen Gottesdienst haben. Für die wenigen Prediger hieß es deshalb, dass es kaum einen Sonntag gab, wo sie nicht predigen mussten. Das bedeutete für sie, dass Heinz auch an den Sonntagen meist weg war, denn manche Dörfer lagen weit entfernt. Da musste man immer auch noch einige Stunden Hin- und Rückfahrt mit dem Pferdewagen mit einrechnen. Heinz musste sich ja für die Predigten vorbereiten. Die konnte er sich nicht einfach so aus dem Ärmel schütteln. Außerdem musste ein Prediger auch Bibel- und Gebetsstunden abhalten, auf Hochzeiten oder Beerdigungen sprechen und Alten- und Krankenbesuche machen. Wie sollte Heinz das noch alles in seinen Wochenplan rein bekommen?

Doch trotz dieser Zweifel hatte Tina Heinz ihre Unterstützung versprochen. Wenn Gott ihn rief, wollte sie ihm nicht im Wege stehen. Irgendwie würde sie schon alles auf die Reihe kriegen.

•••

Ein Jahr später erblickte der letzte Sohn im Hause Epp das Licht der Welt. Sie nannten ihn Hans Dieter. Somit war die Familie komplett. Lieschen und Anni waren schon 13 und 11 Jahre alt. Sie packten kräftig mit an in Haus und Hof. Das war Tina eine große Hilfe. Denn Heinz war nach wie vor wenig zu Hause. Die Arbeit im Krankenhaus wurde immer mehr. Die Zeit, die er nicht auf seiner Arbeitsstelle war, war er unterwegs um Besuche zu machen oder um zu predigen. Ganz selten war er zu Hause, und dann musste er auch immer noch Zeit haben, um seine Predigten auszuarbeiten. Ganz oft bekam Heinz auch Besuch von einigen Junggesellen, die sonst nicht viele Freunde hatten. Oft verbrachte er seine freien Abende damit, ihnen zuzuhören und mit ihnen ein Bibelstudium zu machen.

Heinz sprach viel aus seinem Leben. Er hatte in der Vergangenheit furchtbare Zeiten erlebt: Hunger, Not, Angst, Flucht, harte Ansiedlungsjahre, Getrenntsein von der Familie. Die Liste würde lang werden, wenn man alles Schlimme in seinem Leben aufschreiben würde. Heinz sprach viel über diese Zeiten. Und er las viel. Er abonnierte verschiedene Zeitschriften, um sich auf dem Laufenden zu halten. Außerdem hörte er viel Radio. Die Deutsche Welle brachte besonders abends gute Nachrichten. Da er sich von klein auf schon für Geschichte interessiert hatte, lernte er bald, seine Lebensgeschichte im Rahmen des Weltgeschehens zu sehen. So manches wurde ihm dadurch klarer.

Doch seine Frau Tina sprach nicht. Sie hatte ebenso viel Schweres erlebt, wenn nicht sogar schlimmere Erfahrungen gemacht. Als Jugendliche war sie von Russland nach Deutschland geflüchtet, immer die Front im Nacken. Mit ihrer kranken Mutter und ihren Geschwistern war sie mit dem Pferdewagen geflohen, die Schüsse und Explosionen hatten sie begleitet. In solch einer angespannten Situation war ihre Mutter gestorben. Sie hatten nicht einmal Zeit gehabt, ihr ein würdiges Begräbnis zu geben. Dann die Ungewissheit, ob der Russe sie in Deutschland finden und zurückschleppen würde. Danach die Strapazen der Ansiedlung. Ihr Schicksal war wie das aller Neuländer.

Doch Tina war schweigend. Sie hatte nicht gelernt, über das, was ihr auf dem Herzen lag, zu sprechen. Nachts wachte sie oft schweißgebadet auf und schrie laut. Heinz nahm sie dann in den Arm. Er wusste nur zu gut, was sie durchmachte. Auch er träumte fast 30 Jahre später immer noch vom Krieg. Irgendwann war er mitten in einer Schlacht und versuchte zu fliehen. Das waren Erlebnisse, die er und auch sie niemals ganz verarbeiten würden.

Schon so oft hatte er seiner Frau Mut gemacht, über diese schlimme Zeiten zu sprechen. Doch Tina fiel es schwer. Sie fraß viel in sich hinein.

Von Russland wollte sie gar nicht sprechen. Es war ihr auch viel zu viel, was Heinz sprach. Er interessierte sich für russische Politik und Geschichte. Und Heinz holte bei jeder Gelegenheit irgendetwas aus Russland hervor. Er lebte regelrecht noch in Russland, so hatte sie das Gefühl.

Als die Kinder dann erst größer wurden und aus dem Haus zogen, hatte sie noch mehr Zeit, sich schwere Gedanken zu machen. In ihrem Leben setzten Schwermut und Depressionen ein, mit denen sie bis zu ihrem Lebensende immer wieder kämpfen musste.

XVI.

Heinz Herz klopfte zum Zerspringen. In einigen Minuten würde der Flieger landen. Dann würden er und Tina deutschen Boden betreten. 38 Jahre lang hatte er unermüdlich im Dienst der Apotheke gestanden. 1988 war er in den Ruhestand getreten. Dann waren sie schon einmal für einen Besuch in Deutschland bei Tinas Schwester Liese gewesen.

Nun gab es noch einen besonderen Anlass mehr, nach Deutschland zu fliegen. Erst hatte seine Schwester Anna Ende 1990 geschrieben, dass sie und ihr Sohn Hans nach Deutschland ausgewandert waren. Ein halbes Jahr später waren auch Greta und Liese nachgezogen. Gerhard wohnte schon länger in der Nähe von Berlin. Hans war noch in Kasachstan und Jakob in Russland.

Heinz und Tina hatten nicht lange überlegen müssen. Sie hatten nicht viele Ersparnisse, aber für eine Reise nach Deutschland würde es reichen. Und ihre Kinder hatten ihnen Mut gemacht zu fliegen. So hatten sie ihre Reise nach Deutschland geplant.

Lange hatten sie sich darauf gefreut. Doch nun, wo sie so kurz am Reiseziel waren, stiegen doch gemischte Gefühle hoch. Er war so aufgeregt, dass er sich Mühe geben musste, regelmäßig zu atmen. 50 Jahre hatte Heinz seine Schwestern nicht gesehen. Was war in der Zeit alles passiert?! So viel, dass man es nicht in einigen Wochen erzählen konnte. Wie sie aussahen, das wusste er ungefähr, denn sie hatten sich seit sie Kontakt hatten, gegenseitig Fotos von sich und ihren Familien geschickt. Doch wie würden sie sein und denken? So oft hatte er sich in den letzten 50 Jahren gefragt: Werde ich irgendjemanden aus meiner Familie noch mal wiedersehen? Nun war es soweit. Vier von seinen sechs noch lebenden Geschwistern würde er bald in die Arme schließen.

Von seinen drei Schwestern wusste er, dass sie gläubig waren. Doch bei Gerhard war er sich nicht so sicher. Er hatte in seinen Briefen nie direkt danach gefragt, aber zwischen den Zeilen hatte Heinz es rausgehört, dass er für Gott nicht mehr viel übrig hatte. Würde er wie so viele Tausend andere dem Kommunismus zum Opfer gefallen sein und seinen Glauben total abgelegt haben?

Heinz freute sich auf ein Wiedersehen, und hatte aber gleichzeitig auch große Bedenken. Doch in diesem Moment landete der Flieger und es war keine Zeit mehr für lange Vorstellungen oder Gedanken. Die Zeit war gekommen.

•••

Das Wiedersehen hatten sie alle hundert Mal vor ihrem inneren Auge passieren lassen. Doch als es zur Realität wurde, war es noch wieder ganz anders, als man es sich vorgestellt hatte.

Als erstes schlossen sie Anna und Greta in die Arme. Die Schwestern wohnten alle in Lienen. Doch Liese war zu der Zeit grade im Krankenhaus. Zusammen mit Anna und Greta fuhren sie ins Spital und besuchten Liese. Es gab ein Umarmen, ein Drücken und viele Tränen. Anfangs sprachen alle wenig. Irgendwie mussten sie es erst einmal begreifen, dass dies keiner der vielen Träume war, die sie so oft geträumt hatten.

Gerhard war körperlich schon nicht stabil. Er konnte die Reise nicht antreten. Also fuhren Heinz und Tina zusammen mit den drei Schwestern für etliche Tage zu ihm nach Potsdam. So waren sie zu fünf Geschwister zusammen. Es gab viele Freudentränen in diesen Tagen. Zuschauer wären gerührt gewesen von ihrem Zusammensein. Sogar die lokale Zeitung brachte einen Bericht über das historische Wiedersehen nach etwas mehr als 50 Jahren.

Heinz erzählte von seiner Flucht aus Russland, von seiner Ansiedlung in Paraguay und von seiner Arbeit im Krankenhaus. Er zeigte Fotos von seinen Kindern und Großkindern und erzählte von jedem Einzelnen, erzählte von dem fernen Land, das die Geschwister noch nie gesehen hatten. Von den wilden Tieren, von der Hitze und der Trockenheit, von den Menschen, die dort voller Dankbarkeit eine neue Heimat gefunden hatten. Er erzählte von den Früchten, die sie aßen. Erzählen konnte Heinz. Er schilderte seinen Geschwistern alles so genau, dass sie glaubten, beinahe schmecken zu können, wie eine Mandioka schmeckte.

Greta erzählte von ihrer Zeit in der Trudarmee, davon wie sie auf dem Bau gearbeitet hatte, zusammen mit hunderten von anderen Frauen. Die Ziegel und alles andere mussten sie mit der Trage bis auf den dritten

Stock tragen, dass die Bauarbeiter immer von allem hatten. Auch den Zement und Sand hatten sie hochgetragen. Sehr schwer war es gewesen. „Wenn wir mal im Bad saßen, sah man nur Skelette mit Haut überzogen."

„Zu essen bekamen wir auf der Arbeit ganz dünne Suppe, im Winter meist eingefroren. Ein halber Schöpflöffel Suppe ohne Fett mit einem Stückchen Kartoffel, vier bis fünf Erbsen oder Nudeln. Dazu gab es einen Esslöffel mit Hirse- oder Hafergrütze. Nicht mal ein Glas heißen Tee bekamen wir zu trinken." Zu Frühstück hätten sie ein Stück Kartoffelbrot erhalten, erzählte sie weiter. „Wir konnten das auf einmal aufessen und uns umschauen nach mehr. Aber gedacht war es für den ganzen Tag. Wenn man das auf einem Mal aufaß, hatte man den ganzen Tag nichts mehr zu essen bei schwerer Erdarbeit." Greta machte eine kurze Pause. Dann fuhr sie fort: „Abends um sieben Uhr wurden wir wieder von bewaffneten Männern in die Kaserne getrieben. Wir waren müde, nass und hungrig. Wir kamen uns vor wie Gefangene, wie Verbrecher. Warum?, fragten wir uns immer wieder. Die einzige Antwort, die wir uns selber geben konnten, war: Wir waren Deutsche. Darum! Die Deutschen sollten ausgerottet werden."

Bei all den Erinnerungen liefen Greta die Tränen über die Wangen. Sie hatte in ihrem Leben so viel Leid, Herabsetzung, Ungerechtigkeit, Spott und Hohn ertragen müssen. Davon zu erzählen half ihr, dass es ihr leichter war. Aber so richtig verarbeiten würde sie all das wohl nie können.

Alle im Raum waren still. Greta erzählte weiter: „Wenn wir von der Arbeit kamen, dann bekamen wir ein Stück Holz, das wir in vier Teile spalteten. Das verbrannte in einigen Minuten. In dieser kurzen Zeit versuchten wir, unser nasses Fußzeug zu trocknen und unsere Kleider nach Läusen zu untersuchen. Danach gingen wir erschöpft und hungrig auf unser hartes Lager schlafen."

Greta erzählte auch gern von ihren Erlebnissen, genau wie Heinz. Das half ihnen, besser mit allem klarzukommen. Was sie erlebt hatte, war schlimm. Öfters fühlte sie, wie Zuhörer ihr nicht so ganz glaubten. So Schlimmes liest man in Büchern, aber es ist doch nicht wirklich wahr, oder? Wer so etwas Schlimmes nicht erlebt hatte, dem kam es wie ein Märchen vor. Doch Gretas Geschichten waren wahr. Und sie waren nur ein kleiner Teil von dem, was die durchmachen musste.

•••

Gerhard selber erzählte wenig. Er war schon ziemlich kränklich. Mit der russischen Lehrerin Nadja hatte er eine unglückliche Ehe geführt. Seine Frau war egoistisch und herrisch gewesen. Doch das Allerschlimmste war, dass sie furchtbar unzufrieden war. Nichts und niemand hatte ihr etwas Recht machen können.

„Einmal", so erzählte er seinen Geschwistern, „war Mama bei uns als unser Borja sechs Monate alt war. Weil wir beide unterrichteten, würde sie im Haushalt helfen. Liese war auch mit. Mama bereitete gehacktes Fleisch vor für Frikadellen. Gerade als sie mit ihren Händen die

Bällchen formte, kam Nadja herein. Sie stand da und schaute angeekelt auf Mamas Schaffen. Dann machte sie kehrt und ging ins Schlafzimmer. Als ich dann von der Schule nach Hause kam, sagte Mutter, dass wir essen könnten. Ich ging rüber zu meiner Frau und rief sie zum Essen. Doch sie sagte nur, dass sie etwas, dass meine Mutter mit den Händen gemacht hätte, nicht essen würde." Gerhard machte eine kurze Pause. „Ich ging runter zu Mutter und fragte sie, ob sie die Frikadellen beim nächsten Mal einfach mit dem Löffel formen könnte. Ihr könnt euch vorstellen, dass Mutter zutiefst verletzt war. Seit ich denken konnte, hatte sie Frikadellen mit den Händen gemacht. Und uns hatten die immer geschmeckt."

Gerhards Blick glitt in die Ferne. Liese ergänzte eine kurze Begebenheit, die sie im Hause Gerhards als kleines Mädchen gehabt hatte. „Ich war damals sechs Jahre alt und hatte in der Nachbarschaft ein Mädchen in meinem Alter kennen gelernt und mich mit ihr angefreundet. Als wir wegfahren wollten, schenkte ihre Mutter mir einen wunderschönen dicken Mantel. Ich war so froh! Noch nie in meinem Leben hatte ich so einen dicken, schönen Mantel gehabt. Als Gerhards Frau diesen sah, fragte sie mich, von wo ich den hätte. Ich erzählte ihr ganz froh, dass ich den von meiner Freundin geschenkt bekommen hatte. Da nahm sie den Mantel und warf ihn zur Tür hinaus. So laut, dass meine Freundin und ihre Mutter es hörten, schrie sie: ‚Wir nehmen von Juden nichts geschenkt.' Meine Freundin war nämlich jüdischer Herkunft. Ich saß da und weinte. Als Sechsjährige verstand ich absolut nicht das Verhalten meiner Schwägerin."

Gerhard war wieder in die Gegenwart gekommen. Er erzählte weiter: „Ich hatte mit Nadja schlimme Zeiten. Sie war unzufrieden und extrem penibel. Doch die schlimmste Erinnerung ist für mich die, als mein Sohn Borja ertrank. Er war damals 14 Jahre alt. Morgens war er noch froh und munter unter uns und mittags erhielten wir die Nachricht, dass er ertrunken sei. Das war furchtbar!" Gerhard liefen die Tränen über die Wangen. Geblieben war ihm damals noch seine Tochter Olga. Doch diese hatte einen sehr schweren Charakter, sie ähnelte sehr ihrer Mutter.

1974 war Nadja gestorben. 1976 hatten Bekannte ihn eingeladen, sie in Deutschland zu besuchen. Sie hatten ihm ein Visum für Deutschland geschickt. So war er mehrere Male hin und her gereist. Irgendwann hatte er sich in Deutschland sesshaft gemacht und eine Deutsche geheiratet. Jenni hieß sie. Olga war in Russland geblieben.

Heinz beobachtete seinen sieben Jahre älteren Bruder. Gerhard wollte von Gott nichts mehr wissen. Dem kommunistischen System war es gelungen, ihm seinen Glauben zu rauben. Heinz tat es im Herzen weh, aber wenn er ganz ehrlich war, konnte er es verstehen. So viele Jahre in einem gottlosen Land zu leben, konnte nicht fruchtlos an jemanden vorübergehen. Gerhard sagte noch zu seinem jüngeren Bruder: „Heinz, ich werde der Letzte sein, der dir deinen Glauben streitig machen wird. Aber ich werde auch der Letzte sein, der den Glauben mit dir teilen wird." Damit war das Thema vom Tisch gekehrt. Heinz wollte das Wiedersehen mit seinem Bruder genießen und nicht über Glaubensfragen diskutieren.

Auch Liese erzählte in diesen Tagen, aber weniger. Sie war krank. Sie war fast ihr ganzes Leben lang kränklich gewesen. Auch sie hatte viel Leid und Schweres zu tragen gehabt. Liese hatte nicht in der Trudarmee arbeiten müssen so wie Greta. Sie hatte von anderem Leid zu berichten. Ihr Mann hatte sie körperlich und seelisch misshandelt. Der Arzt hatte sie vor vielen Jahren noch in Russland nach einer Untersuchung gefragt: „Was hat Jasch mit dir getan?" Liese konnte darüber nicht sprechen. Sie hatte dem Arzt damals versprochen, dass sie alles aufschreiben würde.

Das tat sie als sie zu Hause war. Doch unglücklicherweise fand Jasch diesen Brief unter ihrem Kopfkissen. Er war entrüstet, dass sie ihre Privatsphäre zu Papier gebracht hatte und behandelte sie noch schlechter.

„Doch", so konnte Liese aus dem Herzen sagen, „ich bin treu geblieben. Ich habe trotz allem keinen anderen Mann gehabt."

So hatten die Geschwister alle verschieden Schweres in ihrem Leben erlebt. Alle hatten sie Gott auf besonderer Art und Weise erlebt. Doch nicht alle waren ihm treu geblieben.

•••

Knapp zwei Jahre später flogen Heinz und Tina wieder nach Deutschland. Dieses Mal zusammen mit den Geschwistern Heinrich und Mariechen. Das Hauptziel der Reise war ein Franz-Geschwistertreffen in Deutschland. Bruder Dietrich war mit seiner Familie aus

Russland rausgekommen. 53 Jahre hatten sie sich nicht mehr gesehen. Dietrich war damals im August 1941 aus Liebenau abgeholt und verschleppt worden, zusammen mit allen Jungen und Männern zwischen 16 und 60 Jahren. Viele Jahre hatten sie nichts voneinander gehört. Nun war er in Deutschland immigriert. Aufgrund dessen hatten sie ein Geschwistertreffen organisiert. Hans und Hilde kamen aus Kanada und so waren alle fünf Geschwister zusammen.

Alle hatten sie viel zu erzählen. Heinrich, Hans, Tina und Liese erzählten von ihrer Flucht und ihrer gemeinsamen Ansiedlung in Neuland, im fernen Paraguay. Hans und Hilde erzählten auch von ihrer Zeit in Kanada.

Dietrich erzählte aus seiner Zeit der Verschleppung, des Lagerlebens und wie er auf der Insel Sachalin ganz im Osten Russlands gelandet war. Hier hatte er seine Frau Katja Singer, eine Wolgadeutsche, kennen gelernt. Vom Geistlichen wollte Dietrich nicht gerne sprechen. Er gab nicht den Eindruck der Ablehnung, sondern eher der völligen Gleichgültigkeit. Die anderen Geschwister waren darüber traurig gestimmt, denn sie hätten ihre schweren Zeiten ohne Gott nicht überlebt.

Auch die Epp-Geschwister trafen sich bei dieser Gelegenheit noch wieder. Hans war jetzt auch nach Deutschland gekommen. Seine Frau Suse war 1978 gestorben. Zusammen mit seinem Sohn Juri und seiner Familie waren sie nun in den Süden Deutschlands gezogen.

So trafen sich die fünf Epp Geschwister Anna, Hans, Greta, Heinz und Liese in Lienen. Sie erzählten und machten viele Fotos. Und sie sprachen auch von Abram und David, von denen sie seit 1941 nichts gehört hatten. Sie gedachten ihrer lieben Eltern und der verstorbenen Schwestern Lenchen und Lisbeth. Aus ihrer Erinnerung holten sie viele gemeinsame Erlebnisse hervor. Sie sprachen von Alexanderwohl, ihrem Heimatdorf. Wie es da jetzt wohl aussah? Stand ihr Haus noch? Ihre schöne Kirche? Erinnerungen an keine leichte, aber trotzdem schöne Kindheit. Gemeinsames Singen und Musizieren an den Abenden.

Diese gemeinsamen Stunden in den vier Wochen, wo die Paraguayer in Deutschland waren, waren sowohl für die Franz-Geschwister als auch für die Epp-Geschwister so unglaublich. Es war so, wie Heinz damals sagte, als er 1956 die Nachricht erhielt, dass seine Mutter und Geschwister in Russland noch lebten. „Ich hab so oft für ein Wiedersehen gebetet, doch so richtig habe ich nicht mehr daran geglaubt. Vergib mir meine Kleingläubigkeit, Gott!"

Epilog

Heinz und Tina sitzen vor ihrem gemütlichen Heim in Neu-Halbstadt. Sie sind Rentner. Sie haben noch ihren kleinen Hof, wo Tina auch immer noch etwas Gemüse anpflanzt. Die Obstbäume liefern leckeres Obst.

Sie denken viel an ihre lieben Geschwister in Kanada,

Deutschland und Russland und deren Familien. Die Treffen in den letzten Jahren schweben noch in guter Erinnerung.

Besonders glücklich macht sie, dass ihre eigenen Kinder alle zu Gott gefunden haben. Alle sind verheiratet und mit ihren Familien irgendwo im Dienst in Gemeinden und Gemeinschaft. Die Großkinder machen ihnen viel Freude. Besonders Heinz verbringt viel Zeit mit ihnen. Er liebt es, mit ihnen zu singen, zu spielen und ihnen von Russland und aus vergangenen Zeiten zu erzählen.

Die Großkinder lieben ihn. Sie lieben auch die Oma, aber diese ist meist still, ziemlich ernst und oft krank. Wie sollen die Kinder auch den Grund dafür wissen, dass Tina oft so nachdenklich, traurig und kränklich ist? Sie führen ein gutes Leben. Hunger, Frost, Angst, Krankheiten und Tod kennen sie nicht. Sie haben ein sicheres Zuhause, beide Elternteile, dürfen zur Schule gehen und genießen ein sorgloses Leben. Obwohl der Opa Epp ihnen immer wieder von den Zeiten aus Russland erzählt, wissen sie nicht wirklich, wie furchtbar diese Zeiten für ihre Großeltern waren. Sie ahnen auch nicht nur im Geringsten, wie viel ihre Großeltern in ihrem Leben erlitten haben.

Doch Heinz und Tina vergessen es nicht. Sie vergessen nicht die furchtbaren Zeiten, sie vergessen aber auch nicht, wie Gott sie wunderbar durch das ganze Leben geführt hat. Ihr Lieblingstext aus der Bibel ist Psalm 23:

Der HERR ist mein Hirte; mir wird nichts mangeln.

Er weidet mich auf grüner Aue und führet mich zum frischen Wasser.

Er erquicket meine Seele; er führet mich auf rechter Straße um seines Namens willen.

Und ob ich schon wanderte im finstern Tal, fürchte ich kein Unglück; denn du bist bei mir, dein Stecken und dein Stab trösten mich.

Du bereitest vor mir einen Tisch im Angesicht meiner Feinde. Du salbest mein Haupt mit Öl und schenkest mir voll ein.

Gutes und Barmherzigkeit werden mir folgen mein Leben lang, und ich werde bleiben im Hause des HERRN immerdar.

Der Herr war und ist ihr Hirte. Wenn sie auch manchmal gedacht haben, dass es ihnen an einigem mangelte, so haben sie doch immer etwas anzuziehen und auch immer etwas zum Essen gehabt, sogar in der schlimmsten Hungersnot hat Gott sie am Leben erhalten. Die finsteren Täler kennen sie, sie kennen aber auch den Trost und die Stütze, die Gott ihnen mit seinem Stecken und Stab gegeben hat. Wenn sie heute auf ihr Leben zurückschauen und ihre Familie sehen, dann können sie den letzten Vers aus ihrem Psalm von ganzem Herzen beten: „Gutes und Barmherzigkeit folgen mir mein Leben lang. Und ich will immerdar im Hause des Herrn bleiben. Amen."

Anhang

<u>Was ist aus der Familie von Johann Epp geworden?</u>

Johann Epp, geb. am 14. Okt. 1883 in Alexanderwohl, gestorben in Sibirien am 17. Juli 1945.

Anna Epp, geb. am 25. Juli 1891 in Friedensdorf. Sie trat mit Johann in die Ehe am 12. Juni 1912, gestorben am 21. Mai 1962 in Stschutschück, Kasachstan.

Kinder:

1. **David**, geboren am 4. Januar 1906 in Alexanderwohl. 1937 abgeführt auf Nimmerwiedersehen.

2. **Helene**, geboren am 15. Sept. 1908 in Alexanderwohl. Auch da gestorben am 18. Nov. 1926.

3. **Gerhard**, geboren am 31. März 1913 (Alexanderwohl), gestorben am 6. Dezember 2000 in Potsdam.

4. **Anna**, geboren am 13. Jan. 1915 (Alexanderwohl), gestorben am 6. April 1998 in Lienen, Deutschland.

5. **Johann**, geboren am 21. Dez. 1916 (Alexanderwohl), gestorben am 26. Aug. 2002 in Bad - Säckingen, Deutschland.

6. **Abram**, geboren am 4. Okt. 1918 (Alexanderwohl), verschollen im Krieg in Leningrad.

7. **Heinrich**, geboren am 8. Aug. 1920 (Alexanderwohl), gestorben am 21. Juli 2002 in Neuland,

Paraguay.

8. **Margarete**, geboren. am 8. Jan. 1923 (Alexanderwohl), lebt in Lienen, Deutschland.

9. **Lisbeth**, geboren am 25. Sept. 1925 (Alexanderwohl), gestorben am 2. Dez. 1926 in Alexanderwohl.

10. **Jakob**, geboren am 1. Febr. 1928 (Alexanderwohl), lebt in Russland.

11. **Elisabeth**, geboren am 28. Juni 1930 in (Alexanderwohl), lebt in Lienen, Deutschland

Von den Franz Geschwistern lebt niemand mehr. Tina Epp starb im Jahre 2006 in der Kolonie Neuland. In Kanada lebt noch Hilde Franz, die Frau von Hans Franz, in Deutschland Katja Franz, die Frau von Dietrich Franz, und in Neuland lebt Mariechen Franz, die Frau von Heinrich Franz.